贴出年的吉祥

中华春联大全

梁石 编著

农村读物出版社
北京

图书在版编目（CIP）数据

贴出年的吉祥：中华春联大全／梁石编著．—北京：农村读物出版社，2019.1
ISBN 978-7-5048-5779-8

Ⅰ．①贴… Ⅱ．①梁… Ⅲ．①春联－作品集－中国
Ⅳ．① I269

中国版本图书馆 CIP 数据核字（2017）第 318904 号

责任编辑	刘宁波　吕　睿
出　　版	农村读物出版社（北京市朝阳区农展馆北路 2 号 100125）
发　　行	新华书店北京发行所
印　　刷	中国农业出版社印刷厂
开　　本	787mm×1092mm　1/16
印　　张	13.5
字　　数	285 千
版　　次	2019 年 1 月第 1 版　2019 年 1 月北京第 1 次印刷
定　　价	28.00 元

清　郑板桥

深心托豪素

努力爱春华

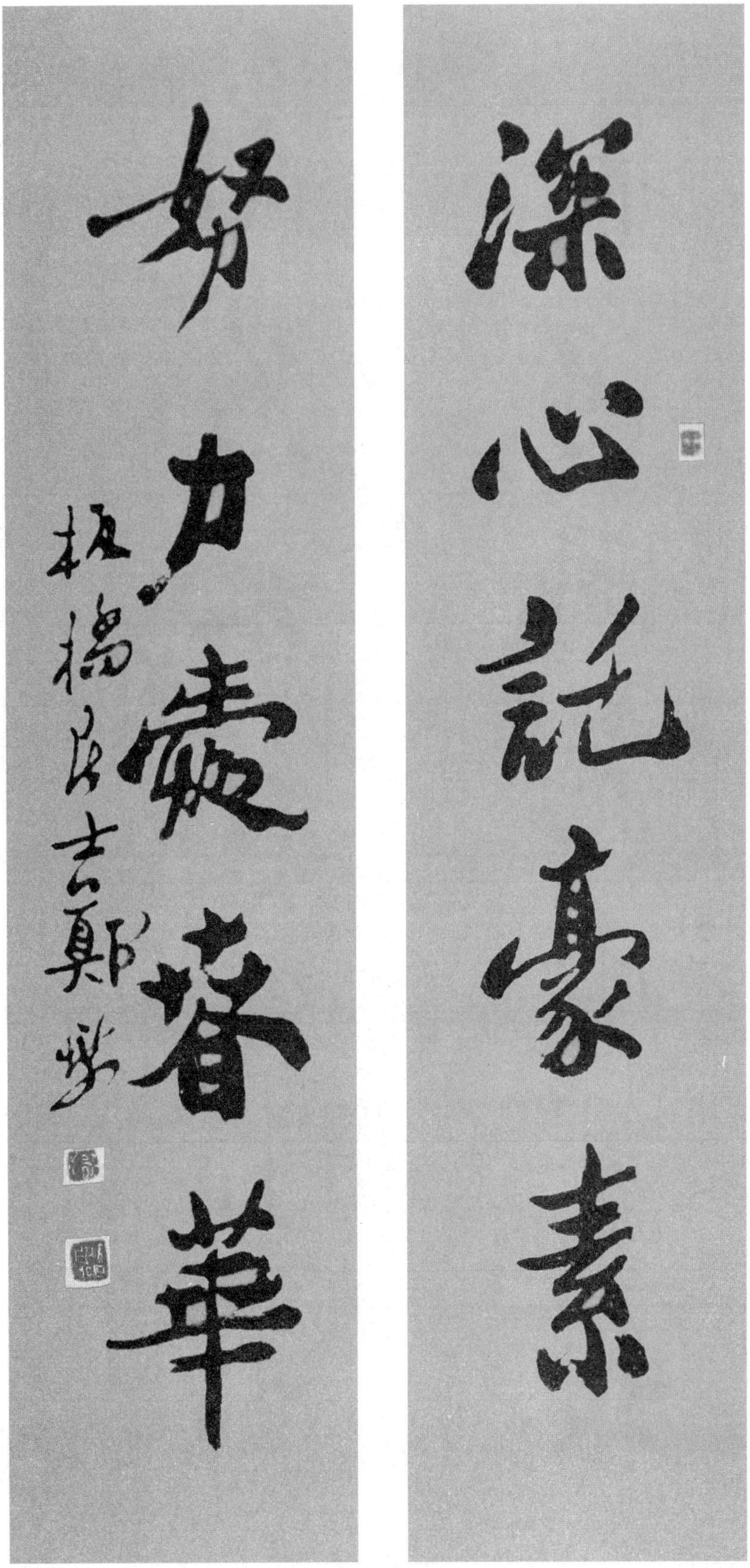

清　梁同书

闲为水竹云山主

静得风花雪月权

清 祁寯藻

竹余蒨节当阶碧
葵抱初心向日红

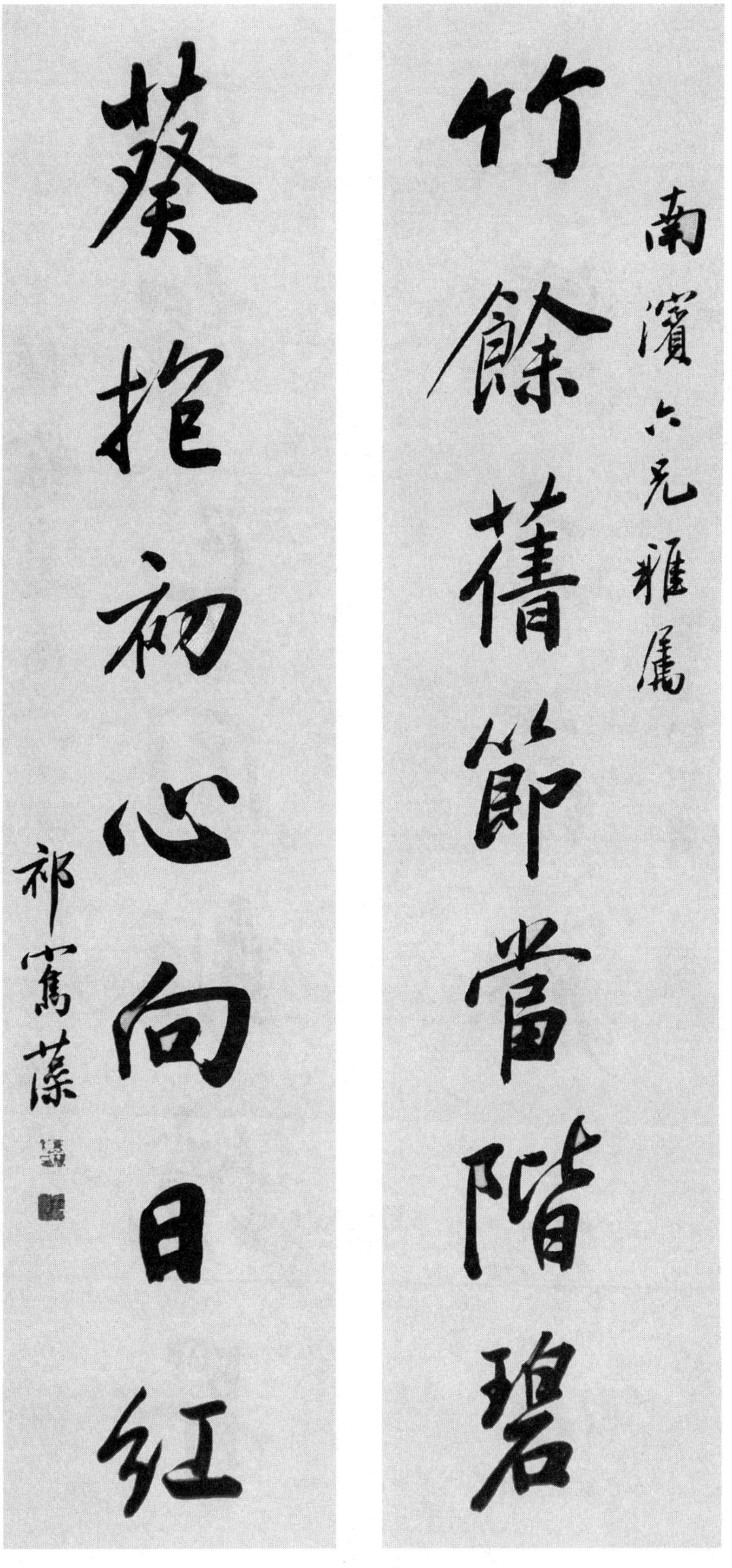

清　何绍基

旷想已同鸥境界
远游方羡雁程途

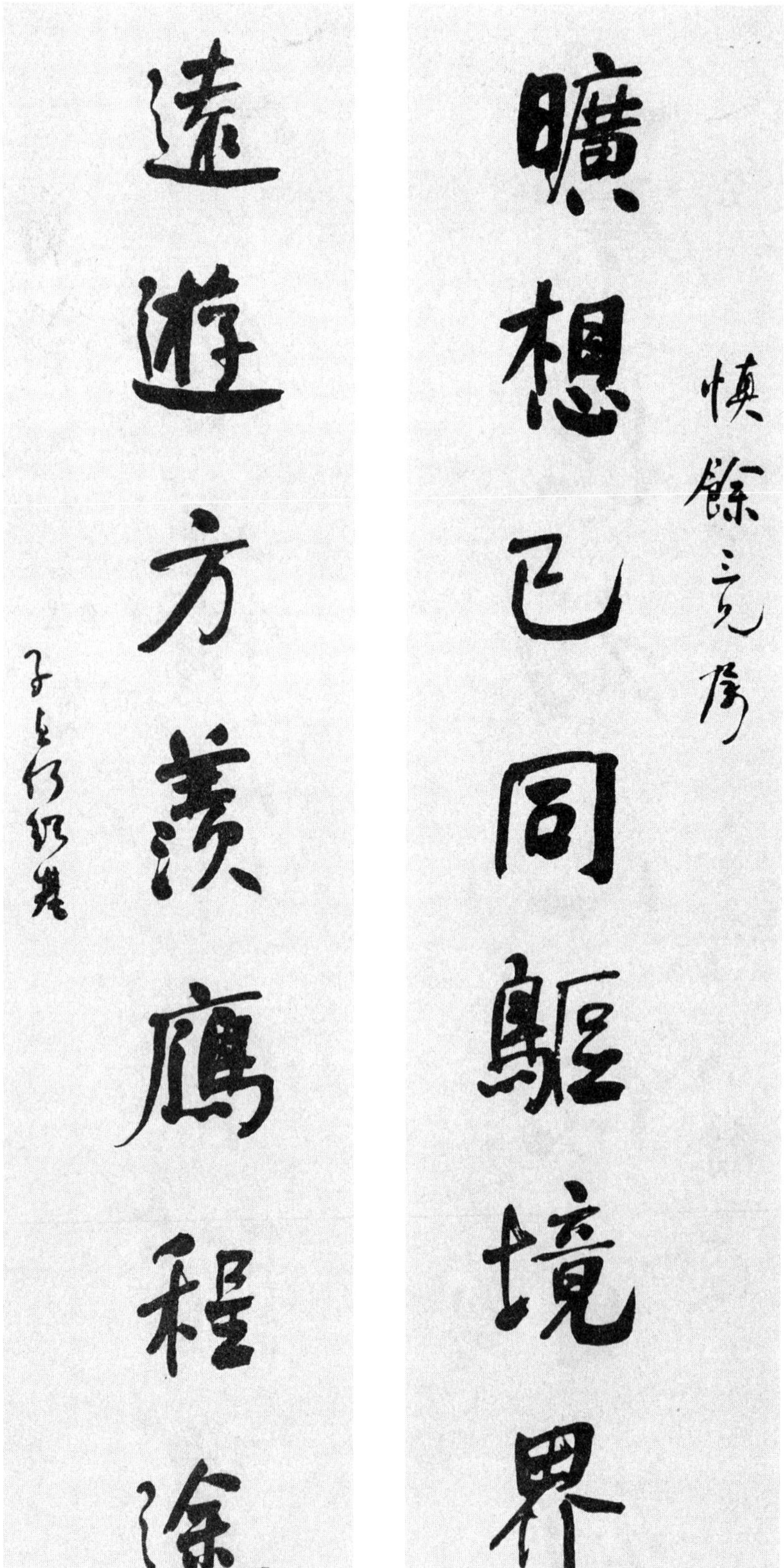

清 左宗棠

万卷藏书宜子弟

诸峰罗列似儿孙

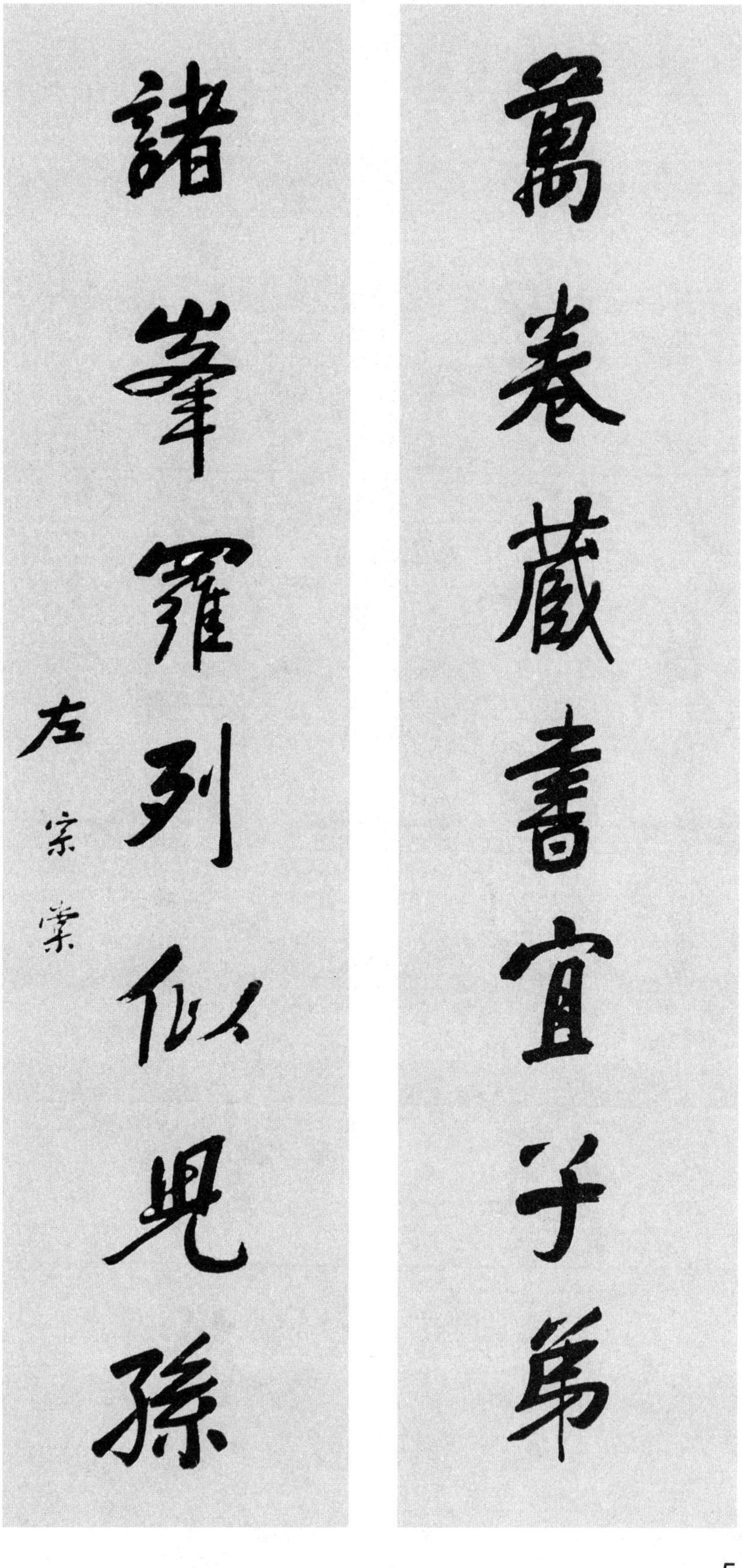

陆润庠

红豆晓云书柿叶

碧螺春雨读梅花

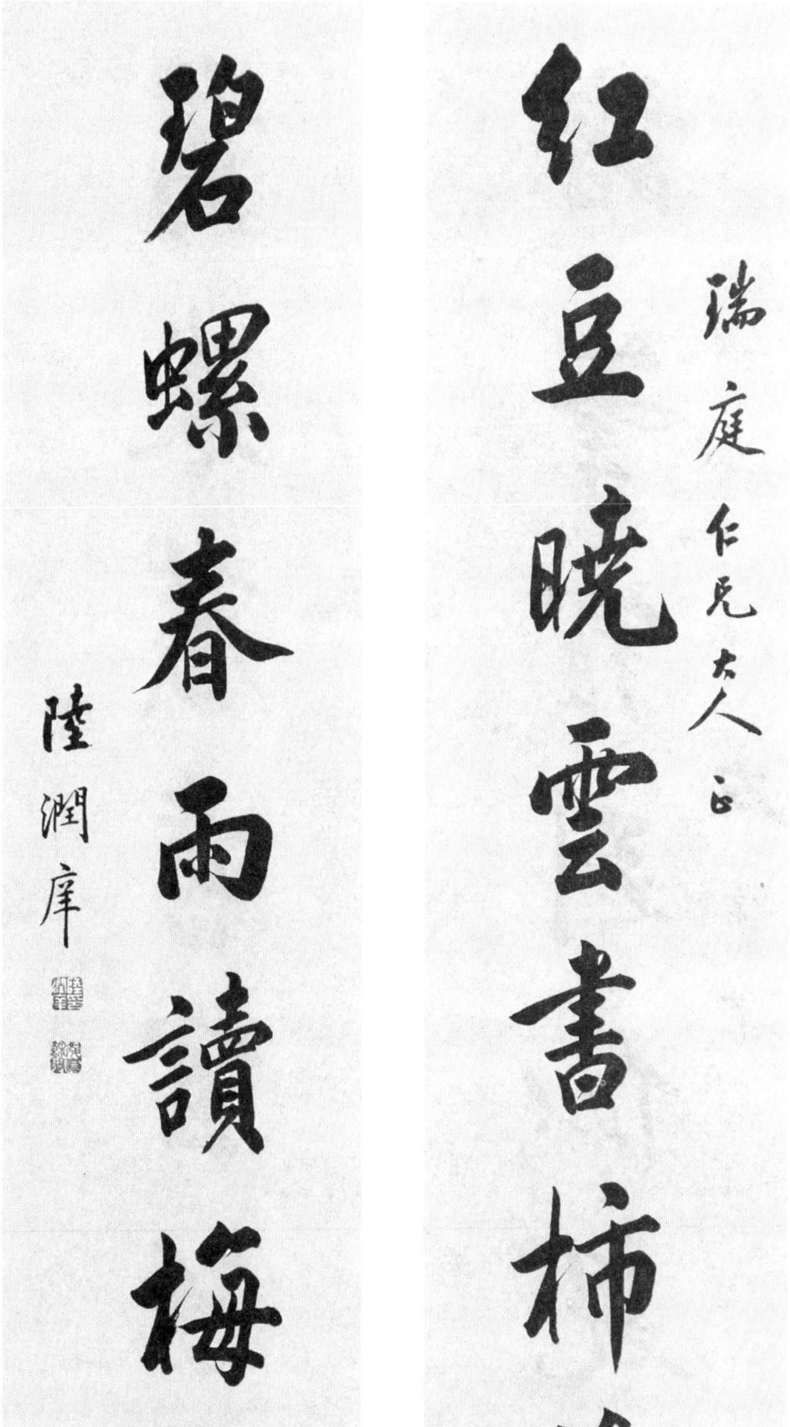

戴熙

传家有道惟存厚
处世无奇只率真

吴湖帆

梅粉旋生春色

柳丝初透晴烟

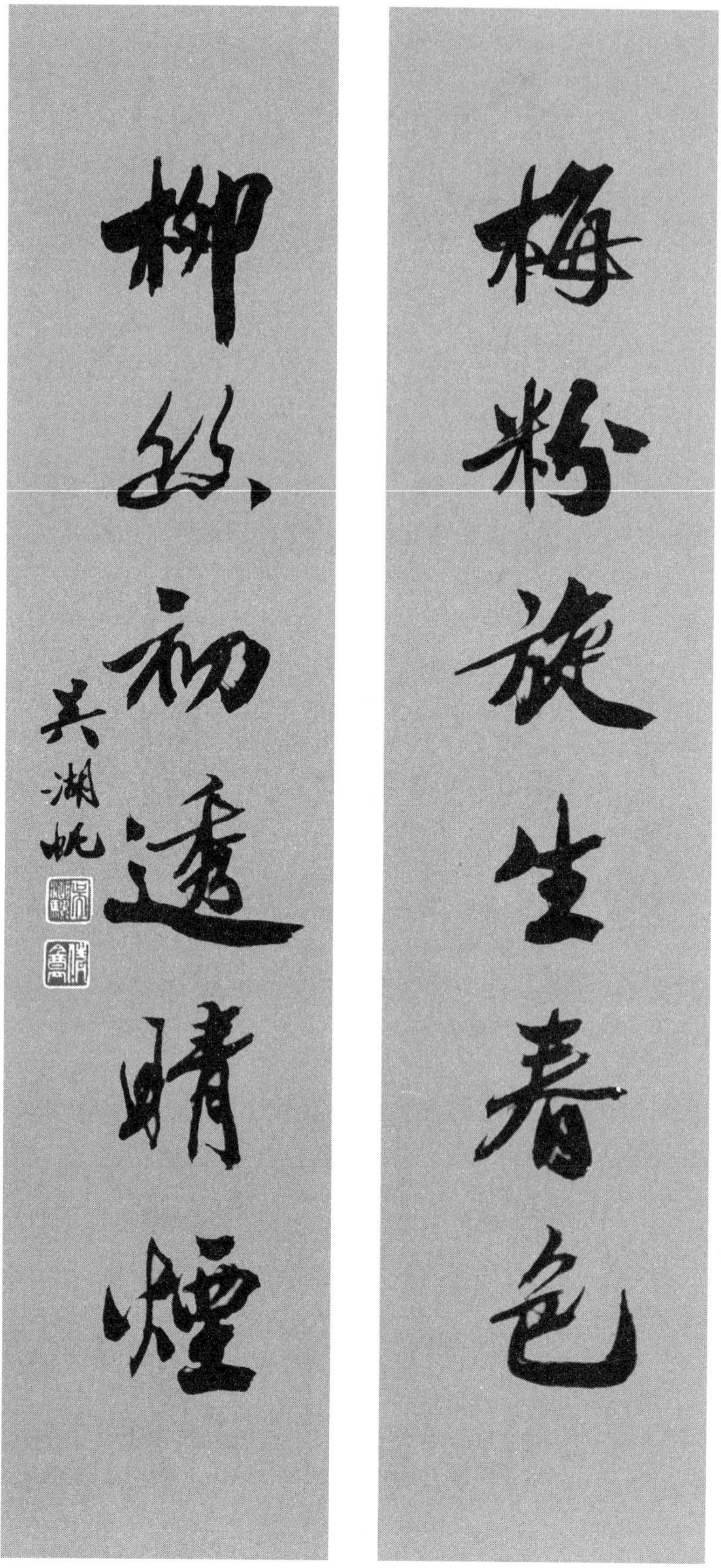

于右任

清思抱明月
高怀对古松

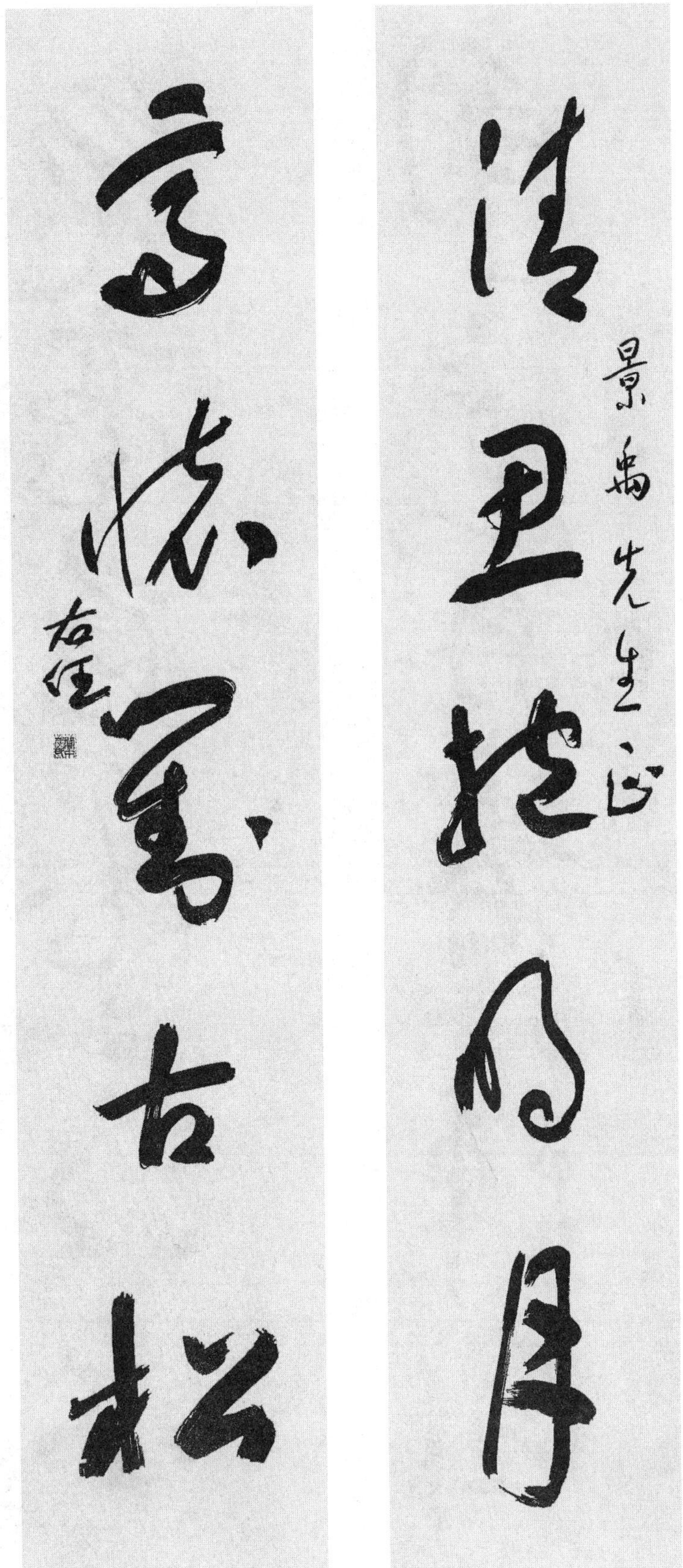

沈　鹏

兔毫落墨三江水

国事开春八阵图

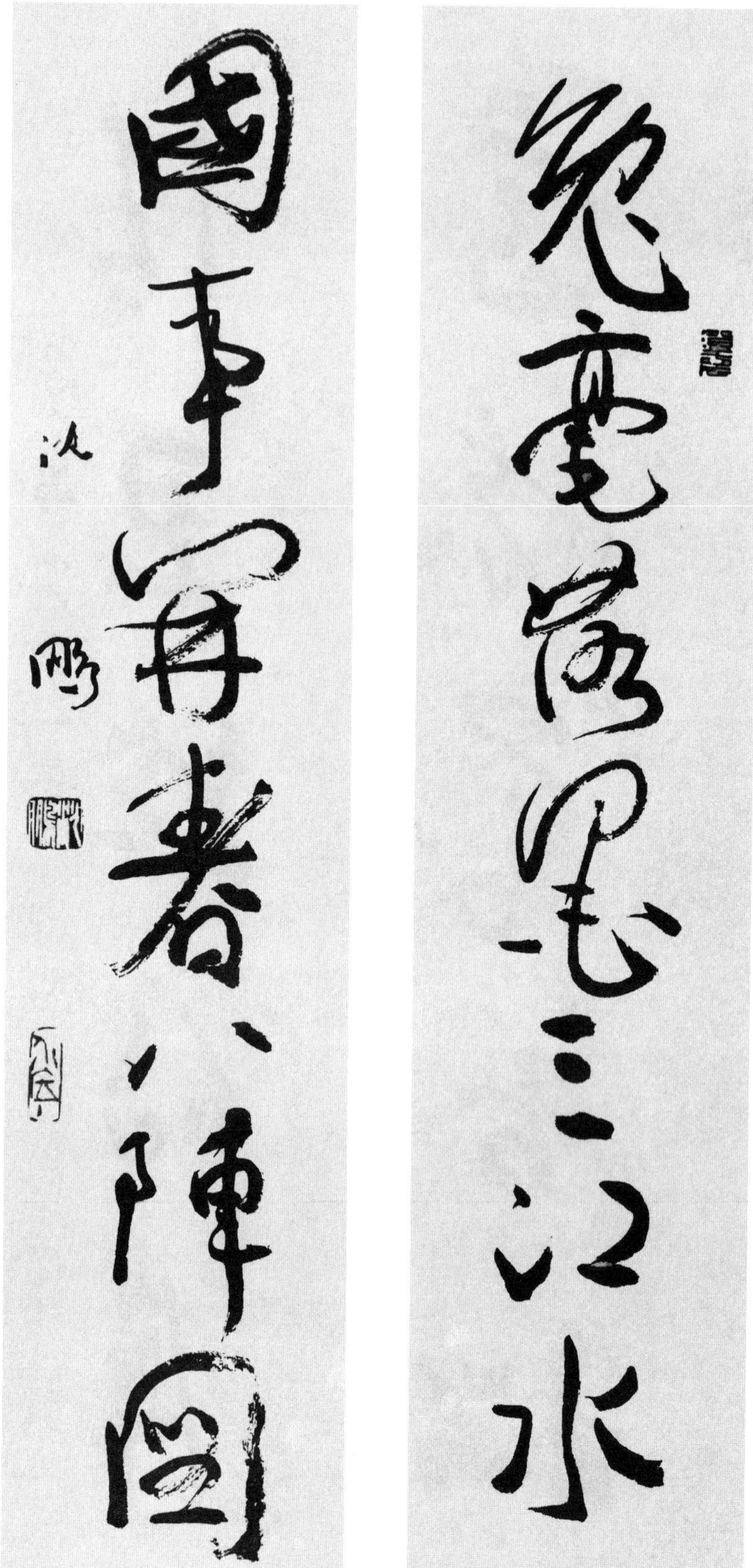

周志高

世盛花盈树

春新月满楼

章柏年

春信千家传紫燕
山歌一曲动银锄

前言

春节，是一年之初的传统节日。在中国人的心目中，没有哪一个节日比得上春节的重要与隆重。春节贴春联，是老祖宗留下的传统文化习俗。有句俗话讲：“有钱没钱，贴对子过年。”意思就是说，不管穷人富人，年货备得厚实与否，在门上贴春联是必须的。只有门上贴了大红喜庆的春联，才叫“过年”呢！当代著名学者、红学家周汝昌先生在为笔者《中国古今实用对联大会》一书作序时写道：“我们过年过节的贴春联，更是举世罕有伦比的最伟大、最瑰奇的‘全民性文艺活动’。”这是对我国独有春联文化最精辟、最权威的概括。无论是从春联的普及程度来看，还是从人们写春联、贴春联的自觉程度上说，没有哪一种文艺形式可以与春联相媲美。可以说，春联是渗透在中国人骨子里的文化血脉，是千百年来代代相袭而生生不息的文化传承，是中国老百姓喜闻乐见的迎春“吉祥物”。

春联，从远古走来。春联的前身是类似门神的“桃符”。古代人为了避邪纳祥，每逢过年时节，必须在门口两边悬挂桃木板做成的桃符，上面画上“神荼”“郁垒”两神像，或者写上两位神仙的名字，这样就可以放心过年了。桃符可以把鬼怪、晦气挡在门外，保护一家人的吉祥平安。基于祈福纳祥的心理，春联一直是人们过年必不可少的文化习俗，具有很强的文化魅力。

春联，写什么内容？这是摆在不少朋友和书法爱好者面前的课题。近年来，中国文联和各级文联、书法组织都号召书法家们在春节之前深入农村、厂矿、军营、社区，为广大群众书写春联，送“福”到千家万户。这也是响应党中央进一步做好优秀传统文化传承工作的要求。为了给春联文化传承活动加油助力，笔者早在 1992 年 10 月就编写了《春联大全》，由中国物资出版社出版。由于该书具有分类全、编目细、选联精的优点，所以很受读者的喜爱。在很短的日子里，该书重印多次，印数突破五万册。

新版《中华春联大全》是面目一新的版本。笔者本着“与时俱进”的创新理念，对原来内容作了必要的修订，尤其特意增补了“新时代新春联”一

辑，其中有“美丽中国梦”“追梦在今朝”“福进千万家”“共同奔小康”。这些春联都具有突出时代精神和顺应时代潮流的特点。同时，为了提倡春联的原创性与地方特色，新版书又增补了“地方特色春联”一辑，全国各省、市、自治区、特区、港澳台地区的景区特色，都在春联作品中有所展示。另外，为了传播春联知识，使广大读者对春联的起源、声律、语言特点、书写与张贴的讲究有所了解，笔者特意增加了附录部分，对上述内容进行了介绍。

春联，是中华民族优秀传统文化的一部分。笔者多年来致力于春联的研究与创作，《中华春联大全》一书可以说是笔者心血和汗水的结晶。希望这本书能给大家在春联创作与书写中，提供些许方便。让我们以《中华春联大全》为纽带，携起手来为做好春联文化的传承、提高中华民族的文化自信心而努力。

梁　石

2018.1.20 于逸然斋

目录

第四辑　农村专用春联

第五辑　公司企业春联

第六辑　干支春联

第七辑　生肖春联

第八辑　姓氏春联

第九辑　地方特色春联

第十辑　古今名人春联选

附录　春联知识面面观

第一辑　新时代新春联

美丽中国梦

一梦承龙脉
九州亮马蹄

三阳春遍地
九域梦飞天

小康凝福气
大梦壮神州

小康民得福
大梦国扬威

万家聊梦想
四海荡春潮

无心寻旧梦
有志向高天

开心题妙句
逐梦过新年

开怀歌盛世
追梦借东风

风携春及第
梦逐福临门

气若春风静
心同美梦圆

气清多梦想
风正好春光

丰年飞瑞雪
好梦笑春风

云霞铺梦境
花鸟醉春光

中华期一统
美梦启三阳

大梦邀春至
小康送福来

追梦千家福
迎春一路芳

约春风共舞
携梦想齐飞

同圆中国梦
共乐小康年

百花香鸟语
一梦起龙图

华夏复兴梦
阳春幸福年

迎春开气象
追梦竞风流

迎春龙破壁
追梦马扬鞭

花应新春放
鸟为美梦歌

美梦邀春至
神州伴我行

龙腾中国梦
民乐小康春

国筑复兴梦
民过幸福年

追梦图新业
飞舟棹远帆

春风追梦绿
捷报映天红

春风开画境
美梦化诗篇

春风抚岸柳
美梦醉新桃

春风荣草木
美梦壮河山

治国金瓯固
兴邦美梦圆

美梦江山秀
宏图世界殊

美梦千家福
新春四海歌

圆梦同斟酒
迎春共赋诗

借阳光织梦
用幸福描春

党造人民福
梦圆祖国春

梦里三春秀
人间万象新

春风摇绿意
梦想展红旗

春意枝头闹
福音梦里圆

梦飞庭院外
春上柳梢头

三春两岸共
一梦九州同

小康家富贵
好梦世平安

风正千帆顺
国强万梦圆

春吹田野绿
梦染稻花香

梦载千家福
阳辉万木春

梦想开天地
春光入画图

大写神州梦
高歌民族风

正气催春暖
神州盼梦圆

杨柳随春绿
谈笑入梦香

欲圆中国梦
咸乐小康年

倾情圆国梦
借力舞春风

清风扬正气
美梦化宏图

阔步追新梦
开怀唱大风

荷塘摇月色
梦语笑春风

梅花因雪放
美梦向天歌

楼台春梦晓
海岳画图雄

雪舞迎春到
梅香入梦来

新春开淑景
美梦展宏图

一路马蹄追梦想
百花鸟语醉春光

炉边说梦春风暖
月下听荷画意浓

小康在望春光好
美梦成真喜气浓

小康岁月新春丽
大好河山美梦娇

千家喜庆千家梦
四海升平四海春

万象更新圆美梦
百花吐艳笑春风

水上莲花迷鹭影
梦中笑语醉春风

门前赏雪知春近
梦里登峰觉路平

大梦正圆新气象
中华崛起竞风流

五彩缤纷中国梦
三阳启泰小康年

大豆摇铃春梦晓
高粱擎炬夕阳红

万千气象新春好
十亿风流美梦圆

日月轮驰追梦想
江山画卷上楼台

梦里奔腾千里马
花前烂漫一方春

田野麦香成梦景
村姑妙手织春光

与福同圆中国梦
邀春长驻小康家

红日无私腾紫气
中华有梦壮神州

心态如青春永驻
人生若美梦长圆

化雨春风开梦境
登枝喜鹊吻梅香

云霞朗日开天宇
杨柳春风入梦乡

国期大治金瓯固
民乐小康美梦圆

幸福人家春有梦
和谐社会景无瑕

追梦奔驰千里马
报春怒放一枝梅

民歌春意临门秀
国色牡丹入梦香

同唱春天成故事
共圆美梦在今朝

江山不老春光好
梦想成真国力雄

花缀神州春锦绣
梦回故里景妖娆

宏图大展江山秀
美梦初圆世界殊

柳岸春风诗梦绿
荷塘月色画题香

昨夜谁人寻旧梦
今朝我辈鼓春潮

追梦甘为伏枥马
兴邦愿作领头羊

春归万里江山上
梦在一流事业中

春梦撩人抒壮志
国情励我展宏图

春风会展诗书画
美梦顿生精气神

春江花月成诗梦
时代风流动画题

魂牵梦绕中华志
虎跃龙腾盛世春

荷塘月色凝香气
梦境春光照福门

乘风破浪同追梦
踏雪寻梅又赋诗

谁催骏马弛千里
梦驾长风上九霄

展翅鲲鹏追梦想
瘦身杨柳舞春风

清风催发正能量
梦想洞开美画图

海纳百川容大度
国圆美梦展宏途

燕语迎春开气象
龙人逐梦竞风流

笙歌唱响春天梦
紫燕织成锦绣图

一带春风馨一路
千年绮梦福千家

一代勤勉圆国梦
千年道德振家声

百族一心圆梦想
九州八面舞春风

大地迎春花烂漫
中华逐梦步铿锵

心中绮梦增春色
笔下蓝图壮国魂

九州筑梦酬新志
五福抱拳贺大年

百姓迎春圆好梦
三军亮剑固长城

迎春逐梦开诗境
造福兴家碰酒杯

一庭福寿随春到
四季康宁逐梦来

一帆风顺前程远
百姓梦圆幸福长

山歌摇醒九州梦
爆竹催开万户春

中国加油圆大梦
小康提速步宏途

中华史册千年梦
大美山河万里春

开门见喜春花艳
筑梦成真福气浓

好事连连年吉庆
信心满满梦团圆

灯火阑珊寻梦处
门庭喜庆报春时

社会和谐春吐绿
人民幸福梦飞红

花间国梦回眸笑
福里春联对面吟

追逐神州五彩梦
耕耘福地百花春

微信同聊中国梦
彩铃共贺小康年

春联一纸书春锦
梦语三声入梦香

筑梦同登大吉地
扶贫共绘小康图

春色春光春有梦
福音福气福无边

春叩千门传喜讯
梦圆万里起宏图

福泽与春光一色
歌声同梦想齐飞

春随芳草暖风至
梦逐小康幸福来

得意欣圆中国梦
开心喜闹小康春

大美神州放飞梦想
生花妙笔点染春光

筑梦同登大吉地
扶贫共绘小康图

梦绕千家增福气
花香万里焕春光

傲雪梅花独怀风骨
飞天梦想更壮国魂

举杯造福新天地
筑梦迎春美画图

盛世迎春花满树
小康圆梦福盈门

飞雪迎春春风化雨
阳光筑梦梦想成真

点染春光满眼绿
激扬国梦普天红

绿野摇春春养眼
红灯倚梦梦开心

雁阵穿云投身时代
龙人逐梦爱我中华

春展小康新画卷
梦圆中国好前程

梦笔生花裁锦绣
春光入画灿烟霞

千曲笙歌春光追梦
万家灯火喜气盈门

春华秋实小康乐
国泰民安大梦圆

梦圆伟业宏图里
福在小康盛世中

民乐小康时圆国梦
书香陋室我沐春风

美梦舒怀十亿人民跟党走
宏图醉眼九州喜讯报春来

堪称当代英豪追梦乘风云路近
最是中华希望扬帆破浪海波平

追梦在今朝

三春千户乐
一梦九州圆

龙舞九州盛
马驰万梦圆

迎春飞燕语
圆梦起龙图

春满复兴路
梦催幸福花

大政归心际
小康入梦间

马蹄驰万里
龙梦越千年

好梦千家乐
新春万象殊

春报千家福
梦圆百业昌

龙腾中国梦
马跃小康程

兴邦龙起舞
追梦马扬鞭

春共江山秀
梦同日月圆

追梦腾龙马
迎春舞燕莺

江山披锦绣
龙马抖精神

梦圆龙破壁
路远马扬蹄

盛世腾龙马
新春展画图

绮梦传春意
红笺报福音

一马当先春独步
九州圆梦国复兴

一号红文新筑梦
三农绿野正回春

一马当先挥梦笔
百花齐放展春图

一夜春风花遍地
九州生气梦飞天

一帆风顺九州梦
万象更新百姓春

一路春风新又绿
九州梦想富而强

八面春风四野绿
百年绮梦九州红

八方报捷九州美
一梦成真万里春

八骏嘶风追梦想
九州焕彩胜春光

九州筑梦千秋福
万马奋蹄一路春

九域龙吟中国梦
万家燕贺小康年

九州梦升东方旭
五岭雪舞北国春

九州大治金瓯固
百姓小康美梦圆

人民幸福迎春暖
祖国富强助梦圆

三春景丽人心上
五福根生国梦中

千里马迎春万象
一条龙追梦九州

万里鹏程追大梦
千家福祉乐小康

万马争春驰大道
百年圆梦在今朝

万马奔腾追梦势
百年争艳报春图

门前有福春增色
梦里无忧笑出声

大业抟云鹏翼健
中华追梦马蹄骄

大道扬鞭追国梦
小康造福顺民心

大路朝阳龙马健
中华圆梦国民欢

大政归心龙起舞
小康圆梦马扬蹄

小康路上马蹄奋
大福门前燕语新

小康光景多红火
大喜年头报吉祥

马跃新程追梦去
莺歌好运报春来

马自奋蹄追大梦
民当着力建小康

心上放飞中国梦
手中建设小康村

正风正气正能量
好梦好春好兆头

正能量放飞国梦
好作风暖热民心

四海龙腾春气象
九州鼓舞梦精神

风鹏正举复兴梦
花信已催烂漫春

为圆大梦驰千里
最喜小康又一春

为圆幸福小康梦
再展恢宏伟业图

为追好梦腾龙马
大展宏图效鹄鹏

日暖九州春跃马
潮平两岸梦归鸿

化雨春风催草绿
抟云晓梦映花红

龙马精神追梦想
竹梅品格萃人文

龙马腾风因倚梦
鲲鹏展翅正凌云

龙腾马跃小康路
燕舞莺歌美梦春

龙播时雨满天碧
马踏春风遍地金

世上无忧多愿景
心中有梦是春天

鸟语花香春早到
时来运转梦初圆

百卉生香春及第
九州同梦福临门

百业兴隆中国梦
三农幸福小康年

百族齐追中国梦
九州共建小康春

百福骈臻圆美梦
千祥云集庆新春

民借天时追梦想
国凭地利起龙图

民鼓冲天龙虎劲
梦圆遍地富强图

迎春锣鼓催龙舞
逐梦征途策马骄

如诗梦景随春好
似锦前程策马驰

好梦成真增国力
宏图绘就靠龙人

好矣神奇中国梦
快哉幸福小康年

赤子兴邦怀赤胆
青春筑梦搏青云

赤子多情图报国
龙人有梦为兴邦

赤帜随风龙献瑞
神州追梦马扬鞭

妙手芳春谁织梦
征途骏马我扬鞭

识途骏马传春讯
圆梦神龙搏大风

奋蹄愿作识途马
圆梦再看破壁龙

追梦快催千里马
报春又绽一枝梅

追梦九州瞻马首
争春两岸起龙图

追梦正催千里马
报春还待一声雷

放歌万户团圆夜
追梦九州锦绣春

国步龙腾强盛梦
民心雀跃小康年

国期大治龙兴业
民乐小康梦载春

神州逐梦腾龙马
骄子倾心献国家

神州逐梦民心畅
伟业腾龙国力雄

神龙舞动九州梦
紫燕衔来一品春

幸福家园陪梦笑
小康美景伴春舒

幸福笑容常挂脸
和谐美梦乐开心

庭外黄莺啼绮梦
檐前紫燕报新春

春色千家圆绿梦
东风万里展红旗

春风万里山河梦
福酒千樽儿女情

春风春意酿春酒
国梦国魂壮国威

笔走龙蛇开气象
梦圆家国竞风流

燕语一声春意暖
鹏程万里马蹄轻

春信随心门结彩
红笺着意梦成真

梦圆百代复兴业
福到万家康乐年

腾龙不坠青云志
报国常怀赤子心

指日能圆中国梦
开怀喜庆小康年

梦添羽翼欣追梦
春展画图喜闹春

骅骝大道追春梦
福寿人家乐小康

美梦正圆兴大业
红旗高举砥中流

梦翼飞天圆国梦
风潮卷地荡春风

福泽清流歌梦曲
林荫绿道笑春风

厚德门前福字大
小康梦里笑声甜

骏马奋蹄追梦想
神龙起舞展宏图

德雨润心春意满
福音绕耳梦魂香

柳色窗花贴福字
春风绮梦庆丰年

梅花绽处心花绽
国梦圆时家梦圆

旖旎风情圆梦处
和谐生态畅春时

挺身甘做奋蹄马
追梦愿为展翅龙

稻绿荷香成梦境
风清月朗丽春光

永振家声心传美德
初圆国梦手展宏图

谁催富裕小康梦
我写吉祥大美诗

旖旎风情圆梦处
和谐生态畅春时

挂起华灯映红日子
做成好梦唤醒春天

福到千万家

大治江山固
小康福寿多

花随春意闹
鸟伴福音鸣

献岁梅香院
迎春福满门

五福临门至
百花贺春来

小康生福气
大地荡春潮

天载长春日
人过幸福年

福到农家院
春归杨柳枝

五福农家乐
三阳遍地春

百花香四野
五福乐千家

年丰人福寿
世盛景妖娆

小院梅花绽
阳春幸福来

有家皆福气
无处不春风

春归门结彩
福到院生辉

新春增福寿
盛世享康宁

万家聚福气
四海乐新春

门庭凝福气
山水绣春光

杨柳春风绿
乾坤福气升

龙人臻万福
骏业炳千秋

五福千家乐
九州一梦圆

丰年飞瑞雪
幸福乐长春

气舒春浩荡
福满世和谐

盛世花盈树
春新福满楼

福酒梅花酿
春衣燕子裁

燕子衔春信
梅花报福音

德门臻厚福
盛世乐长春

造福民心畅
迎春柳浪舒

承欢无量福
吉庆有余年

春华光禹甸
福气上楼台

雪映丰收景
梅香幸福春

喜气临门至
春光送福来

新年春意满
盛世福音多

春光开锦绣
福气满门庭

福韵调琴韵
新年胜旧年

新春福日月
盛世寿山川

勤劳千载福
和睦万家春

祝福红梅颂
迎春白雪诗

春为花世界
党是福源泉

春归花烂漫
福到梦斑斓

梅报百花苑
春归五福家

春光辉德里
福气满人间

春风舒柳绿
福气映梅红

福临仁德里
春上柳梢头

燕语春三月
龙人福万年

新年盛世乐
幸福满园春

阳春千里锦
幸福万年长

共享小康福
同迎盛世春

三阳开气象
五福满门庭

竹报三多福
花开一品春

燕织千重锦
莺歌五福春

福源通四海
春意绿千家

梅花凝福气
月色染荷香

书香挥笔墨
清福享康宁

翠色随春放
心花伴福开

一门福气迎春到
四海春潮带雨来

一方福地春婀娜
四海笙歌世太平

一片彩霞凝福气
万条金缕带春烟

一夜春风山野绿
千门福气对联红

一室祥和期福寿
满门喜庆乐团圆

九州共乐人长寿
四海同春福永齐

九州祝福人民乐
四海皆春景色娇

九州追梦千秋福
百卉飘香一品春

福字贴红中国梦
春风又绿小康家

春花万簇朝阳笑
德范千家享福来

几声鸟语迎春至
两手茧花接福来

几点梅花开五福
数声鸟语闹三春

五福枝头春永驻
三春锦上福长留

五福临门门结彩
百花献瑞瑞呈祥

万家灯火平安夜
一世勤劳幸福根

万木春归新雨露
四邻福到好人家

万里东风春又至
一庭紫气福先来

三春福气盈门至
万里祥光及第来

大美春天刚破晓
小康福地正开犁

三阳开泰春无限
五福临门岁有余

大政方针谋大福
小村美景乐小康

大好春光开福境
小康岁月赛桃源

大地回春春意满
小康蕴福福音多

大美宏图春万象
小康光景福千秋

大爱无边春化雨
小康有福梦挎云

小康事业千家福
大美河山四海春

小院绿浮红乍露
新年余庆福频临

小康盛世春光好
有福人家喜气浓

人间正道风流世
陌上新春福寿年

人民生活千重福
祖国山河万载春

门前雪酿丰收酒
岭上笛吹幸福歌

门前春色由人绣
院里福音任鸟鸣

三春淑景十分秀
五福梅花百样娇

千重景色千般好
五好人家五福临

大好春光瞻气象
小康福地显风流

水流千转归沧海
福到万家乐小康

三星拱照平安宅
五福骈临和睦家

万紫千红春气象
五湖四海福家园

天上彤云烘福日
人间笑语闹春光

半帘竹影十分秀
一剪梅花五福香

风流人物英雄业
锦绣年华幸福春

业隆吉庆三春景
人瑞康宁五福家

文明社会开新运
幸福人家乐小康

天道酬勤生百福
家风尚俭纳千祥

元春喜酌团圆酒
丽日雅题祝福诗

风和日丽春光好
人寿年丰福气浓

日照百花香大地
民迎五福乐小康

江山毓秀春风绿
岁月更新福气红

吉星高照文明院
喜气频临幸福家

春归绿水青山畔
人在祥光福气中

春归小院承丰稔
福上新楼乐小康

多谢春风传捷报
高悬福字耀门庭

阳升大地春苗绿
民享小康日子红

春光满目开新景
福气盈门奔小康

家余德泽福星照
里有仁风春意浓

幸福花开香万里
丰收酒美醉千家

青山抱户春光美
绿水绕门福泽长

青云直上祥云灿
紫气东来福气浓

国展宏图民展志
春临大地福临门

国业昌隆春遍地
党恩浩荡福齐天

美德传家增福寿
清风继世畅春秋

兴邦有策苍生福
报国无私赤子心

花木逢春山水秀
门庭蕴福子孙贤

花香满院春风至
喜气盈门幸福来

花香四海三春里
福到九州百姓家

幸福花开勤俭第
文明世载德仁风

幸福花开香万里
丰收酒美醉千家

幸福花开勤俭户
文明匾挂德贤家

幸福家庭盈喜气
丰收岁月闹春潮

帘卷春风迎丽日
门凝福气乐尧天

党是福源千载乐
春为岁首百花开

祝福声中人幸福
迎春花里世长春

民享小康福似海
国期大治寿如山

寿山福海人民乐
舜日尧天祖国娇

和谐风绿小康路
幸福花红大有年

梅知福到添香气
鸟觉春来报好音

梅香点点添春色
鸟语声声报福音

辉生四野山川秀
福到千家米酒香

喜报春来莺语脆
岁迎福到雪梅香

小院家和福似海
新春世盛寿齐天

春回大地山描绿
福到人间梦染红

春满人间山水色
福临门第德仁风

福气敲门门有福
春风扑面面皆春

春沐人间正气盛
梦圆故里福音多

春光泛绿千山缀
幸福有根万户栽

福到农家春意美
善行天下好人多

春归大好神州地
福到寻常百姓家

春风得意全家福
景色宜人四季祥

福星高照文明院
美梦常圆和睦家

酒香庭院全家福
雪拥关山北国春

春风送暖花盈户
喜气呈祥福满门

福寿康宁人共享
祥和喜庆世同春

鹊上梅梢生福韵
春归柳叶浴朝晖

春光缕缕辉新岁
庭院深深蕴福音

新岁千家增福寿
好人一世乐平安

绿水青山掩映向阳小院
红楼碧舍安居幸福人家

红梅踏雪来为百姓家家祝福
爆竹凌云笑看九州处处过年

存先忧后乐心为人民造福
怀远瞩高瞻志向时代争春

华夏乐无边景似西湖福如东海
阳春欣有脚绿来北国红到南疆

共同奔小康

小康臻五福
大治固千秋

日丽莺初语
春新燕复来

山河开画卷
岁月丽春光

福气舒心魄
春光亮眼眉

小康幸福境
欢乐吉祥年

人民承福泽
天地溢春晖

春风开气象
福气满门庭

祥光春日丽
瑞气紫云高

小康谋福祉
美梦化宏图

春满三江绿
梅开五岳红

云霞烘旭日
梅柳笑春风

祥云飞玉宇
春色丽神州

小康圆美梦
瑞雪兆丰年

与竹同修节
约梅共醉春

乾坤浮正气
时代恰春风

祥云生柳叶
春色泛桃烟

幸福小康路
吉祥大有年

东方扬紫气
北国尽朝晖

春媚千山秀
家和万事兴

乾坤容我静
岁月任人忙

邀月君携酒
迎春我赋诗

盛世九州乐
小康百姓春

紫燕迎春舞
红梅祝福香

萧鼓升平世
莺花婀娜春

小康人福寿
大吉世和谐

人寿年丰新岁月
花香鸟语好春光

人逢盛世新天地
运际阳春大吉祥

一门吉庆千祥至
四季平安五福来

一年生计勤商酌
万里春光任剪裁

一双燕侣衔春色
十里荷塘映曙光

一夜春风花万树
八方紫气福千家

一湖美酒千舟醉
两岸春光万卷诗

九天雨露三春暖
万树桃花十里红

九州锦绣添春色
四海升平颂党恩

几点梅花迎福气
数声鸟语闹春光

十分春色新而秀
一树梅花瘦亦奇

小康在望春光好
大路朝阳淑景新

小康岁月家家福
大好河山处处春

小康同享太平世
大地盛开幸福花

小康有福千家享
美梦成真四海欢

小康共建人民福
大治同图社稷安

小康事业开红运
大好河山披绿装

小康岁月千家福
大有年头四季祥

小康幸福人民乐
美梦长春祖国娇

小康美景舒民意
盛世宏图振国威

小康在望康庄道
好梦成真梦境春

大美春光添秀色
小康岁月溢歌声

大好河山明且秀
小康社会吉而祥

大好年华兴伟业
小康美酒醉新春

大爱人间人友爱
小康岁月岁安康

万木争荣添秀色
百花齐放浴春晖

万户管弦歌盛世
百般色彩绣春光

万里江山春浩荡
一天云锦日光辉

万象回春新雨露
五云捧日灿烟霞

门边嫩柳沾春光
窗外鲜花带月香

门含春色秀千里
人比梅花清十分

门浴春光添气象
人增福气倍精神

四海春光随处好
九天雨露应时新

五湖四海皆来福
万紫千红总是春

五彩云霞开五福
千家善德集千祥

日月光辉明盛世
江山春意化宏图

日暖新春增福寿
燕寻旧主舞祥和

月满一轮明万里
春盈四海福千家

山明水秀添春景
人寿年丰梦小康

丰年酌酒千家福
盛世飞歌四海春

风月无边春色丽
江山如画晓光新

文明正气催春暖
时代新风扑面香

田畴五谷丰收岁
村寨千门福寿家

门承厚德人长寿
福载小康梦自圆

丹青彩绘小康景
翰墨疾书大地春

岁月祥和千载福
山河秀丽四时春

百花齐放春正俏
四海升平梦方圆

百姓小康人幸福
九州大治世和谐

雨润三春千顷绿
门迎五福万家欢

鸟语花香幸福地
丰衣足食吉祥年

生财有道千家富
幸福无边万世春

吉祥三宝小康日
幸福一家大有年

吉庆有余人有福
祥和无恙乐无边

迎春喜鹊登高树
有福人家奔小康

治国安邦春处处
脱贫致富福年年

追梦腾龙谋大业
为民造福献初心

民乐小康民有福
国期大治国长春

民生有福家家好
国运无疆代代红

民生大事合民意
国运小康庆国华

洪运无边春有象
小康有望福无边

政策英明颁赤县
党恩浩荡泽苍生

春回大地八千里
天耀中华一万年

春回大地百花艳
福满农家四季欢

春风得意开新局
喜气扬眉乐小康

春风骀荡小康梦
喜鹊争鸣丰稔年

春风入梦花香久
瑞气盈门喜庆多

春到春天春万里
福临福祉福千年

春光永驻人长寿
福韵常留日小康

春花消息寒梅报
芳草萌芽细雨催

春晖万里阳关道
喜气一家幸福人

精准扶贫民致富
从严治党国扬威

花木向阳春意闹
门庭有福笑声稠

花木逢春春不老
人民享福福无边

梅知雪瑞期丰稔
鸟觉春新报吉祥

喜乐一家福禄寿
冬藏四季夏春秋

福气盈门门有福
春风惠我我迎春

祖国江山期一统
人民福寿祝千秋

整体脱贫洪福至
全民共富小康来

福随瑞气来天地
财伴春风入院庭

祖国富强圆绮梦
人民向往系初心

喜庆丰年福满满
欢腾盛世梦甜甜

福星高照前门福
春意盎然万木春

雪润梅花山叠彩
民承福泽喜盈门

喜报三春臻万福
花香四季萃千祥

福载千家淘宝乐
梅香四野报春归

一枝报春临门祈五福
百鸟朝凤拱户仰三星

精准扶贫雪中送炭一团火
从严治党锦上添花万里春

不忘初心为圆中国梦
顺乎民意造福小康春

天道无私特色旌旗扬万里
初心不忘核心理念盛千秋

致富奔小康民生有幸
迎春逢盛世国运无疆

播福音添福祉耕耘幸福世
继家训振家声点赞好家风

丽日抒怀腾龙圆美梦
春风得意酌酒贺丰年

旗舞九州红党恩浩荡民心畅
春催千里绿农业丰盈福泽长

大好春光祥云永驻文明院
小康岁月富水长流幸福家

二十四字归心九州满满正能量
三六五天享福百姓家家大吉祥

横　批

不忘初心	福韵千秋	神州春意	大有作为
春风化雨	福寿康宁	复兴有梦	高瞻远瞩
春满人间	福满人间	放飞梦想	为国争光
福满人间	福寿人家	全面小康	莺歌燕舞
福气盈门	共乐小康	创新时代	鸟语花香

幸福美满	美梦成真	文化自信	坚定信仰
人寿年丰	振兴中华	时代芳华	乐观世事
爱岗敬业	民富国强	为民造福	天耀中华
富足安康	春风得意	再创辉煌	道德家风
迎春祝福	绿水青山	兴旺发达	伟哉中华

第二辑　家庭通用春联

大　门

一门喜气
万里春风

一门吉庆
万木争荣

一门瑞气
满院春光

一元复始
万象更新

一元肇始
四序图新

一天淑气
万里春光

一团锦绣
四季芬芳

一枝独秀
万木争春

一方瑞气
四面春风

一方春色
四季吉祥

一年丰稔
百业兴隆

二泉映月
四海同春

七星拱照
五福临门

八方捷报
万里春光

八仙过海
百姓迎春

九州日丽
万户春新

九州雨润
一代风流

九州溢彩
四海生辉

九州永泰
四季长春

九州冻解
四海春归

十分春色
万里鹏程

十分美好
六合同春

人间正道
陌上新春

人间改岁
天下皆春

人开眼界
国展宏图

人如马跃
国似龙飞

人祈五福
鸟唱三春

人有福气
户纳春光

人登寿域
世跻春台

人逢盛世
景遇丰年

人臻五福
花满三春

人有志气
户蕴春光

人增壮志
国展宏图

人勤春早
雪瑞年丰

小康在望
大业生辉

三阳启泰
万物昭苏

三阳启泰
四海同春

三星高照
五福骈臻

三星高照
万事亨通

三春锦绣
一代风流

三春及第
五福生根

三春放彩
万物生辉

千门敛福
万木回春

千门春色
百姓福音

千秋大业
万里新春

千秋伟业
百业宏图

千祥云集
百福骈臻

千家共庆
四海同春

万千气象
一代风流

万民有庆
百福无边

山川秀丽
家室文明

山川毓秀
天地长春

山清水秀
人寿年丰

山明水秀
气淑春和

山呈曙色
水映春光

与山同静
随地皆春

门迎紫气
路接青云

门迎百福
户纳千祥

门前有喜
院内含春

门阑瑞气
山水春光

门生福气
户纳祥光

门臻百福
院庆三春

门开盛景
国展宏图

门庭载福
梅柳迎春

天开淑景
人乐丰年

天涯月色
芳草春晖

天游化日
地度长春

天开长乐
人到恒春

天增岁月
春满人间

天开文运
人喜春旸

天开寿域
人乐春台

天开景运
人贺新春

天高地阔
人寿年丰

风光胜旧
岁序更新

风梳绿柳
雨秀青山

风梳柳髻
雨润桃腮

风和日丽
物阜年丰

云霞毓秀
梅柳生辉

月悬柳叶
春到梅花

月光皎丽
春色妖娆

心存高远
岁欲丰盈

心存四海
手绣三春

太平有象
大造无私

无边春色
有福人家

无情岁月
有庆年华

与山同静
随地皆春

化臻上理
福享新春

四时如意
万事遂心

四时吉庆
八节安康

四时喜庆
五谷丰登

四时为柄
万象皆春

出门见喜
举步生春

兰芳丽日
梅馥春风

兰馨茏院
梅韵上门

兰香及第
梅韵沁心

龙图启瑞
凤纪书元

平安无恙
吉庆有余

东风解冻
春日载阳

鸟音辞岁
花蕊迎春

百花献瑞
万象更新

百花吐蕊
万户迎春

百年可乐
四季安康

百家有福
六合同春

竹鸣新岁
雪映丰年

迎春接福
除旧布新

岁且更始
时乃日新

岁当盛世
人遇华年

岁逢大有
民盼小康

岁时如意
家事吉祥

全家有福
满院无尘

庆云跃日
芳草迎春

庆丰辞旧
祝福迎新

庆延盛世
祝福新春

江山如画
天地皆春

江山秀丽
人物风流

江山不老
祖国长春

江山永固
日月长春

江城花柳
海岳烟霞

红楼旭日
绿柳阳春

红旗映日
白雪迎春

红梅献岁
喜鹊鸣春

光明竹径
影透花荫

光辉小院
喜驻门庭

聿修厥德
长发其祥

如山如阜
大德大年

年逢大有
日过小康

年年大吉
岁岁有余

年丰人寿
国泰民安

民生有幸
国运无疆

尧天舜日
禹甸春风

阳春召我
淑气宜人

阳春载福
和气致祥

阳光勃发
民气和谐

时和景泰
雪瑞花香

苍龙登岁
元鸟司春

花迎喜气
鸟唱春光

花开富贵
竹报平安

花开锦绣
云献吉祥

花香四季
月满一轮

怀同霁月
量洽春风

怀抱天下
春满人间

抬头见喜
举步迎春

励精图治
革故鼎新

和风喜雨
瑞霭春光

物华天宝
人杰地灵

物呈异彩
门焕新春

金鸡报晓
紫燕衔春

河山新造
天地重光

青山不老
碧水长流

依仁成里
与德为邻

青松倚日
翠竹凌云

国风蔚起
民气昭苏

国期大治
民乐小康

国行善政
民乐新春

总承福荫
备致嘉祥

闻鸡起舞
跃马争春

春回柳叶
赋献梅花

春回柳眼
喜上梅梢

春回禹甸
人乐尧天

春为岁首
梅占花魁

春风及第
喜气盈门

春风化雨
政策归心

春风醉我
淑景宜人

春风杨柳
瑞气芝兰

春风浩荡
国运昌隆

春风得意
丽日舒怀

春风得意
和气致祥

春风梳柳
喜雨润花

春光骀荡
国步龙腾

春光播福
和气致祥

春光九十
气象万千

春光万里
福景千门

春光似海
盛世如花

春光耀眼
淑景宜人

春和景丽
物阜人欢

春安夏泰
秋吉冬祥

春风新意
景色大观

春盈四海
花漫九州

春盈大地
福满人间

春归院落
喜驻门庭

春浓山腹
梅放岭头

春情起舞
国步腾飞

春登梅蕊
喜上柳梢

香飘四季
春满九州

祥光北拱
紫气东来

祥开舜日
福衍箕畴

登仁寿宇
酿太平春

胸中正气
雪里梅花

梅方吐蕊
竹已催春

梅开五福
竹报三多

梅传春信
竹报福音

梅因雪放
鸟为春歌

梅香鹊韵
柳绿春风

梅飞霞彩
雪映丰年

梅香春信
雪瑞谷丰

梅花祝福
门第生辉

腊梅报喜
瑞雪迎春

康平岁月
丰稔年华

家臻五福
院驻三春

家呈美景
国展宏图

常怀远志
不忘初心

鸢飞鱼跃
燕语莺歌

唐虞盛世
天地长春

黄民集福
赤县迎春

惠风和畅
淑气昭融

清宜夜雨
韵洽春风

韵谐青竹
春透寒梅

党恩浩荡
春意盎然

韶光六九
气象万千

椒花献颂
柏酒浮春

椒盘献岁
黍谷回春

鸿鹄得志
桃李争春

智含渊薮
浩似珪璋

普天同庆
大地皆春

椿庭庆集
棣圃春浓

谦光受益
和气致祥

庭荣松柏
阶茂芝兰

新春入户
喜气盈门

新春如意
淑景宜人

勤劳本色
福寿人家

诗书继世
道德传家

隆启家业
盛开德华

爆竹报喜
楹联迎春

簪缨世泽
弓冶家声

一元初复始
万象又更新

一天如意锦
满地献春图

一曲迎春至
三杯祝福来

一音歌盛世
八面贺新春

一年春作首
万事公为先

一岁春为首
百花梅占先

一枝梅傲雪
万里柳摇春

一江杨柳绿
四野稻花香

一江春水绿
万户对联红

一门开暖日
百鸟唱新春

一夜连双岁
五更分二年

人间多美景
大地足春光

人间春富贵
月下玉玲珑

人随春意泰
年共晓光新

人心新岁月
春意旧乾坤

人心思安定
国运盼富强

人展鲲鹏志
国呈龙虎姿

人民承福泽
天地溢春辉

八方盈正气
四海庆新春

八方春浩荡
四海景妖娆

九州驰骏马
百业驾金龙

九州花似锦
四海歌如潮

九陌祥烟合
千山淑气融

九州花似锦
十亿面皆春

九州归一统
两岸共千春

九州歌岁早
万国乐春新

九州昌盛日
一统太平春

九霄鹏翼举
大路马蹄飞

三阳开泰运
九域展宏图

三阳从地起
五福自天来

三阳临吉地
五福萃华门

三春布德泽
万物生光辉

三春添锦绣
百业数风流

三春桃李景
百业栋梁才

山水含春意
风云入壮图

山水皆如画
楼台尽放春

山河增秀色
大地浴春晖

山远云多态
地肥草自新

门外山河秀
庭前草木荣

门迎新岁月
地接好春光

门阑生喜气
山水有清音

门含千里景
楼览万家春

门绣三春锦
心祈五福图

门庭清且吉
家道泰而昌

门墙多古意
家世树新风

小门存大德
元日唱新春

大地逢春绿
小康映日红

千门含日丽
万户映霞丹

千门迎晓日
四季耀春光

千里浮春色
万家报福音

万家腾笑语
四海庆新春

万方春浩荡
四海镜澄清

万里春光溥
千门瑞气新

斗极辉东柄
元春蔼瑞梅

五色文明盛
三阳世泽长

天焕三春景
国描百业图

天心随律转
人事逐年新

天开清淑景
人乐太平年

天开新岁月
人改旧乾坤

天地英雄气
风云浩荡春

天地呈春色
门庭沐德风

天公扶正气
月老漾春光

天地增新岁
春秋又一轮

风光逐日好
春色一番新

风信传梅蕊
春光泄柳条

风回杨柳梦
月渡海棠阴

风来花自舞
春入鸟能言

风来花影动
露滴柳丝垂

风来花似笑
春到鸟亦歌

风乘飞雪舞
诗伴落梅吟

风引奇香入
春携景福来

风声读竹韵
月影写梅痕

风暖日华丽
气澄天宇高

风暖鸟声碎
日高花影重

文章联北斗
春色到南都

云霞呈绣锦
花柳发韶年

云霞呈异彩
梅柳动春风

云霞开世界
草木健精神

云霞出海曙
梅柳渡江春

日月维新运
风云展壮图

日月恩光照
乾坤喜气浓

日月千秋照
江河万古流

日月光天德
云霞拥地灵

日丽柳生色
风和莺送声

日照三春暖
花开万里香

日暖江山丽
风和草木柔

日暖三槐茂
风清五桂香

日暖莺初语
风和燕又来

日新歌盛世
岁转庆丰年

月随春意转
水合福音流

风历春光溥
龙腾世泽长

水清花自照
风暖鸟相呼

水深鱼极乐
林茂鸟知归

中天驰丽日
大地庆新春

斗雪梅先白
含烟柳尚青

太平真富贵
春色美文章

升平天下瑞
吉庆世间春

丰年飞瑞雪
好景舞春风

好心祈五福
妙手绣三春

心头环绮梦
笔下绘新春

正月初临福
新春又报祥

正月门凝瑞
丰年雪吐香

长歌崇伟业
瑞气满神州

东方泛紫气
北国普春光

东风暖大地
铁手挽乾坤

东风扬正气
笑语鼓春潮

东风开紫陌
太簇协青阳

四序开新律
九州度瑞年

四序开新律
三阳应庆期

四时花似锦
万众面皆春

四海春风洽
千秋夏历长

四海连天浪
九州动地诗

四季山川秀
三春气象新

百代千秋业
九州万木春

世德家声旧
春光雨霁新

世德千秋远
家声五凤齐

世盛江山固
春新气象殊

鸟鸣千户竹
花绽一园春

旧启簪缨第
新迎锦绣春

田园无限景
门户有余年

芝兰增喜色
梅柳报新春

芝兰舒化日
桃李沐春风

光透祥和日
晴薰锦绣春

竹报平安岁
雪藏丰稔年

竹影有新意
松风含古姿

竹阴藏岁月
兰气醉春风

竹疏烟补密
梅瘦雪添肥

竹姿飘瑞雪
梅蕊报新春

竹梅呈秀色
莺燕报佳音

华光春日丽
瑞色紫云高

华夏逢大治
庶民步小康

华夏开昌运
阳春酿太和

共祝升平日
同沾大有年

运际三阳泰
时逢九陌春

红雨桃千树
春风柳十围

红梅映喜报
绿水织春光

红梅因雪放
喜鹊为春歌

红梅开五福
翠竹报三多

红花香万里
春色染千枝

红旗飘万里
紫燕舞三春

阳春布德泽
大地放光辉

阳春开物象
丽日焕天文

阳光铺大地
春色满人间

旭日千门启
春辉四望新

旭日辉山水
春风绿画图

旭日舒清景
雄心展壮猷

旭日祥云灿
春风化雨新

旭日临门早
春光及第先

合家传美德
百世继嘉风

庆洽时方至
春来日渐长

庆丰百姓乐
祝福万年春

庆三春佳节
展百业宏图

岁月开新纪
田园入画图

岁月洽时好
山河随处新

岁首多元意
年头泛德光

岁新千户乐
花艳四时春

岁岁平安日
家家如意春

兴邦创大业
强国绘新图

兴邦多壮志
跃马竞风流

兴邦承上策
富国仗良谋

安定天下瑞
文明世间春

安定千年旺
辛勤五谷丰

迎新喧爆竹
送暖到屠苏

迎春开盛世
布谷唱丰年

迎春接福日
足食丰衣年

江山千古秀
花木四时春

江山新气象
礼乐旧家声

江山飞丽藻
花柳发韶华

江山增秀色
桃李艳春光

江山皆入画
春色独宜人

江山增润色
世界普春光

江山留古意
家国有新风

江山澄气象
冰雪净聪明

江山千般好
祖国万载春

江山添锦绣
祖国展宏图

运际三阳泰
时逢大地春

远山含紫气
芳树发春晖

远村千户晓
新柳万家春

欢庆太平日
喜迎幸福春

欢歌飞玉宇
笑语荡神州

阶前生百福
檐下纳千祥

有天皆丽日
无地不春风

有门皆毓秀
无景不妖娆

吉门沾泰早
仁里得春多

池上莺声早
风前草色新

地暖花长发
天晴鸟竞鸣

贞刚自有质
事业无穷年

伟业千般秀
神州万载春

花香春正好
燕语日初长

花木四时秀
门庭满目春

花开香四季
家睦乐千年

花开春富贵
竹报岁平安

花动朱楼雪
城凝碧树烟

花绽群芳谱
国呈四海春

花柳三春暖
云霞万里明

花凭春雨润
福自党恩生

花香招蝶舞
国瑞振龙飞

杨柳春风第
芝兰玉树阶

杨柳随春绿
江山映日红

邻睦风生暖
家和雪自香

忠厚传家久
勤劳继世长

明月松间照
春风柳上归

畅怀年大有
极目世同春

拂柳觉春媚
看花知岁新

拂柳春风绿
润花小雨香

雨润柳烟翠
霞飞桃露红

河山新气象
礼乐旧门庭

河山焕春色
门户辉德光

青山四面景
绿柳万家春

青山披锦绣
绿水溢春华

青阳嘘淑气
黄青敛祥光

青阳陶美德
黄宿曜新春

国华光夏甸
民气煦春旸

国华光汉宇
和气畅春台

国跃龙腾步
莺歌燕语春

国登强盛境
人庆太平年

国家行善政
民众享康宁

和风新气象
瑞气蔼门庭

和风生柳叶
春色泛桃烟

和风扇淑气
时雨酿新枝

和气氤氲合
卿云烂漫浮

和气致祥瑞
德光衍春秋

和声鸣盛世
春色满神州

枝头沾晓露
门户洽春风

金茎承晓露
玉树接青云

金缕春飞彩
玉雕雪聚祥

高怀同霁月
雅量洽春风

放怀歌盛世
泼墨颂新春

忠厚传家久
诗书继世长

承家传旧德
献岁启新猷

凯歌飘汉宇
春意满神州

诗书承旧业
腊鼓庆丰年

春为一岁首
梅占百花魁

春占红梅上
莺歌绿柳前

春在江山里
人居幸福中

春归花不落
风静月常明

春归梅柳上
喜报院庭前

春信梅花发
秋风桂子香

春风芳草地
喜雨杏花天

春风吹晓幕
瑞雪滴晴檐

春风随日至
瑞气逐时新

春风舒冰柳
瑞雪兆丰年

春风新燕子
雪月古梅花

春风腾大地
旭日耀神州

春风辉德里
淑气霭华门

春风添画意
岁月赋诗情

春风荣万物
红日耀千山

春风引紫气
大地发清华

春风荣草木
福气满门庭

春风梳嫩柳
夜雨润新花

春风暖大地
红日照中华

春风拂锦绣
瑞气接楼台

春风拂禹甸
政策暖民心

春风腾四野
捷报飘九州

春色绿千里
党恩泽九州

春色浮芳树
曙光映彩霞

春色尤其好
江山分外娇

春光荣草木
佳气秀山川

春光满街巷
淑气霭家门

春光满世界
正气遍中华

春光辉绿野
生气畅青阳

春光惜一刻
壮志凌九霄

春光生柳叶
曙色泛桃花

春来五福里
人笑百花间

春来杨绽绿
霓散日喷金

春来花自笑
雨过竹能吟

春来花媲美
福至鸟争歌

春来千里绿
雪化九霄晴

春来花世界
雪落玉乾坤

春早水流韵
岁新梅吐香

春早田园秀
日高山水明

春早人愈早
年新景更新

春明花富贵
月朗竹平安

春辉盈大地
正气满神州

春辉腾四野
伟业壮九州

春情寄柳色
日影泛桃烟

春意满庭院
豪情生笔端

春驻向阳院
喜临幸福家

春催杨柳绿
日照画图新

春度文明国
喜盈幸福家

春降千门福
花开四季香

春城迴北斗
烟树发南枝

春暖观鱼乐
风清引鹤飞

春潮腾四海
喜气荡神州

春浓含美景
日暖励长征

贺新春正月
庆盛世万年

祖国增新岁
人民度瑞年

祖国春如海
人民力胜天

祖国春常在
人民福自多

神皋春浩荡
汉宇日光华

神州山水秀
田野稻花香

神州臻百福
盛世集千祥

神州春浩荡
寰海日光华

神州腾骏马
盛世起龙图

禹甸山河壮
尧天日月长

柳色黄金嫩
梅花白雪香

柳处云疑叶
梅间雪似花

柳絮随风去
桃花逐水来

柳烟千里晓
曙色万家春

城乡春色艳
山水物华新

城阙千门晓
河山万里春

草发连科绿
花开及第红

草发田园绿
花开祖国娇

草茅随意绿
柳眼向人青

草发随春绿
花开逐日香

庭园花类雪
楼际月如云

庭院飘香雪
竹梅报福音

院小胸怀大
门低志向高

院内景添彩
庭前春焕新

院静红梅闹
邻和春意浓

笙歌催大治
捷报励长征

党定兴邦策
民怀报国心

承家传旧德
献岁启新猷

铁肩担重任
妙手绘蓝图

随处开新景
及时报早春

畅怀年大有
极目世同春

家室百年乐
江山万里春

家呈幸福锦
国展富强图

家睦福凝瑞
邻安和致祥

卿云辉柳眼
春色灿梅魁

烟柳千门晓
风花万里春

烟霞日边景
梅柳天下春

素艳雪凝树
清香春满楼

桃李春风意
江山赤子情

桃李开春色
芝兰至福门

桃红兼柳绿
燕舞伴莺歌

借得山川秀
迎来气象新

笛弄梅花曲
莺歌杨柳风

绿意随春妙
豪情逐浪高

绿水闲吟柳
春风软拂花

黄金新岁月
锦绣好前程

淑气符元日
梅花报早春

淑气芝兰茂
春风桃李香

淑气来黄道
晴光拥紫霄

淑气来今日
江春入旧年

淑气腾佳节
和风蔚早春

淑景开当代
新春共此时

雪消残腊处
春到早梅边

雪消春草发
风送早梅开

雪消梅绽玉
风细柳摇金

雪映梅花白
春归柳色青

雪映丰收景
梅香幸福春

雪压梅花白
春归柳叶青

雪飞梅吐艳
春暖柳泛青

雪里江山秀
花间岁月新

雪里梅花笑
岸边柳眼新

惠风初应律
和气正调梅

莺唱云中管
梅舒雪里花

莺声浮翠柳
燕语叩新春

莺歌新日月
燕舞旧门庭

梅梢春有信
柳畔水生香

梅绽透春信
雪融见松贞

梅花飘瑞雪
杨柳舞春风

梅柳迎春早
门庭集庆多

梅绽春风近
柳摇笑语喧

梅开花世界
雪落玉乾坤

梅放香庭院
春归乐世间

梅报平安信
燕传如意春

梅香催腊尽
燕语报春来

梅腮传腊信
柳眼漏春光

彩结宜春字
云书大有年

椒花辞旧岁
梅蕊入新年

椒花献盛世
柏酒祝长春

喜鹊登高树
红梅报早春

喜气满庭院
春光辉德轩

喜气腾佳节
新风满九州

喜庆新春节
笑迎大有年

紫云辉世泽
红日振家声

紫燕飞新羽
红梅报早春

寒余正月始
腊尽早春先

寒尽桃花嫩
春归柳叶新

富贵三春景
平安二字金

普天开景运
大地转新机

腊尽千门暖
春归万物苏

腊去松贞在
春来竹节新

新风开盛世
瑞雪报丰年

新风开盛世
春色满神州

新风增国祚
春色耀人寰

新春添美景
佳节报清音

新春开岁序
佳气漫神州

新春祝大吉
妙手绣宏图

新春春意美
祖国国威强

暖逼桃腮放
晴烘柳眼开

暖日芳心吐
春风柳眼舒

暖入江山丽
光浮草木新

雷鸣龙起蛰
泥暖燕含春

溪水奏琴韵
春阳照华年

楼台春日丽
海岳画图雄

楼栖沧海月
门览秀山春

瑞雪妆梅艳
春花映日红

瑞雪传春信
德门报福音

瑞气回福地
江春入旧年

瑞气临门早
春光及第先

瑞气从天降
新风遍地生

瑞气逢春霁
新年荡福音

瑞日开昌运
春风酿太和

瑞启门阑上
春归山水间

瑞凝三秀草
春入万年枝

瑞霭来天地
春光入画图

瑞年皆化瑞
春节遍成春

福气凝三界
春风荡九州

福音常在耳
春色不离门

福星照门际
春意满枝头

福星光灿烂
春节景妖娆

福降青山畔
春归绿柳前

翠竹添新笋
红梅报早春

翠竹标高节
红梅颂大风

翠柳千姿秀
腊梅万朵香

燕舞桃烟醉
莺歌柳浪轻

燕子衔春信
梅花吐瑞香

燕语迎春早
莺歌祝福多

旗展五星灿
梅开四野香

旗展五星灿
梦圆四海春

勤俭黄金本
诗书丹桂根

勤劳千载福
和睦一家春

锦绣山河壮
吉祥门户春

满院春光好
一枝梅态奇

满门增瑞霭
合力建文明

德门膺厚福
仁里乐长春

德门增百福
仁宅际三阳

履端开四序
春运应三阳

韶光开锦绣
春色满门庭

韶光寒转暖
淑景去还来

韶华光宇宙
喜气溢门阑

曙辉扬万里
杨柳拂千门

曙光迎盛世
旭日耀新春

曙光昭物彩
淑气焕春华

一室芝兰瑞气
三村杨柳春风

一地兆丰瑞雪
满天化雨春风

一代风流人物
千秋幸福时光

一刻莫贻岁月
十分珍重年华

一剪梅花献岁
千门爆竹迎春

人因勤劳多寿
户以节俭有余

千里欢歌笑语
万程骏马春风

门对苍梧碧水
屋依翠竹春山

门畔山清水秀
院中鸟语花香

门敛青山碧水
户藏绿夏金秋

大地风光旖旎
神州人物风流

大好河山美景
小康岁月新春

万里江山如画
百年梦想成真

万木迎春吐绿
百年追梦呈红

万紫千红春色
千家万户福音

山色千峰竞秀
水清百舸争流

风展红旗似画
春来绿水如蓝

风景这边独好
江山如此多娇

心醉一年好景
梦飞万里神州

日丽风和雨润
龙腾虎跃鹏飞

日丽风和人乐
国强民富年丰

月灿五湖曙色
景明四海春光

火树银花胜景
红梅绿柳新春

开创崭新时代
迎来大好春光

开创千秋大业
绘成百业宏图

为江山添春色
与日月争光辉

冬去山明水秀
春来鸟语花香

田野风光胜旧
门庭岁月更新

旧岁未思闲逸
新年更愿向前

礼节以和为贵
新春长发其祥

四序先临首祚
万家同得长春

四季风光似锦
万民笑靥如花

百业千秋鼎盛
九州万象更新

百卉迎春斗艳
群英为国争光

共喜阳回大地
同歌春满人间

好水好山好景
新春新岁新人

笑语欢歌辞旧
华灯爆竹迎新

庆幸三阳启泰
祝福六合同春

壮志逢山开路
雄心遇水架桥

竹庆一元复始
花开四季更新

竹报四时康乐
梅开五福骈臻

岁岁柳颜相似
年年世态更新

人寿年丰福满
花香鸟语春浓

万里江山如画
四时门户皆春

岁月流光溢彩
门庭辞旧迎新

时雨当春乃降
好花应运而开

芳草满园吐秀
春花遍野生香

杨柳春风得意
新年淑景宜人

花以新春吐艳
民予祖国争光

花好月圆人寿
时和世泰年丰

花艳春光无限
人勤幸福有期

花好月圆春媚
天时地利人和

细雨无声润物
和风有意迎春

追逐中华绮梦
引来时代春潮

海晏河清盛世
花香日暖新春

虎跃龙腾鹏举
莺歌燕舞人欢

柏酒醉辞旧岁
椒花香献新春

政善星辰耀彩
国强日月增辉

海路千帆竞发
春光万象更新

珍惜青春岁月
追求精彩人生

祖国河山竞秀
人民福寿长春

祖国前程似锦
英雄壮志如虹

春种满田碧玉
秋收遍野黄金

春自寒梅绽放
福由喜鹊衔来

春到碧桃树上
莺歌绿柳门前

春到勤劳门第
喜盈和睦人家

春暖风和日丽
政清人寿年丰

春到花香鸟语
福来人寿年丰

春引百花竞放
雪融五谷丰登

桃艳复含春雨
柳青更带朝烟

桃蕊满门溢彩
春光遍地生辉

柳绿桃红水暖
莺歌燕舞春浓

铁石梅花气概
山川香草风流

铁手描山绣水
雄心强国富民

盛世千秋伟业
神州万里春风

家富国强民乐
春新日丽花香

家有荷塘月色
时来柳岸春风

笑问春归何处
喜看水绿江南

景美年丰国瑞
春新日丽人欢

景历风花雪月
岁迎春夏秋冬

眼下小桥流水
胸中大业宏图

雪映梅花更艳
春归柳色尤新

雪白梅红柳绿
政通事顺人和

喜庆三春佳节
隆开百业宏图

喜创千秋大业
殷期万众小康

满户晴光淑气
一门福气春光

碧海苍山玉宇
春风丽日神州

燕雀应思壮志
梅兰珍重年华

燕舞莺歌鹊笑
松风竹节梅香

爆竹一声辞旧
桃符万户迎新

一元二气三阳泰
四序五福六合春

一元复始春为首
五谷丰登勤乃先

一元复始民心乐
万象维新国力宏

一元复始三江美
万象更新五岳雄

一元淑气山河丽
九域宏图日月光

一天星斗光华灿
万里山河锦绣春

一天春雨红梅笑
万里东风翠柳摇

一片丹心报祖国
满腔热血育英才

一片彩霞迎旭日
万条金缕带春晖

一水护田将绿绕
两山排闼送青来

一门欢笑春风霭
四季平安淑景新

一门喜气乐无比
万里春光明异常

一双紫燕迎春舞
数点红梅透雪香

一声布谷迎春至
两手茧花接福来

一代风流功盖世
八方俊杰志凌云

一代风流抒壮志
九州巨变壮奇观

一代英雄家四海
满园桃李秀三春

一代新风凭党育
万般春色在人勤

一代英豪怀大略
万千锦绣灿中华

一年光景随春好
百业宏图与日新

一年生计勤商酌
无限春光任剪裁

一色江山含美意
万千气象靓春光

一枝独秀人间景
万象更新天下春

一枝独放迎春到
万马齐奔报捷来

一簇梅花春带雨
万家爆竹福携祥

一抹彩霞迎旭日
万条杨柳带春辉

一寸芳心乡土恋
两峡血脉手足情

一江春水向东去
对岸风光入梦来

一泓秋水余清气
满院春风散异香

一派春光呈锦绣
万家灯火庆升平

一派春风扫旧弊
万枝梅萼报新年

一轮日出云霞笑
万里春归山水欢

一派生机迎晓日
万家灯火庆新春

一轮红日地中出
九曲黄河天上来

一统山河呈秀色
九州龙虎展雄姿

七彩神州春载秀
五星旗帜日摇红

八方捷报随春至
九域宏图就手描

九天日月辉光彩
十亿神州溢锦华

九天雨露三春暖
万树桃烟十里红

九天揽月开新纪
众志凌云展壮图

九天日月回春意
十亿神州溢彩霞

九天日月千秋照
一统江山两岸春

九天日月开新运
四海笙歌醉太平

九州春色辉天地
百业宏图壮古今

九州花放山河秀
百业图成日月新

九州同乐小康景
四海咸歌大地春

九域河山春气象
八方俊杰数风流

九州生气逢春旺
四海新潮逐日高

九州活力春连动
一派生机党带来

九州山水生新意
一代风流创大观

九州改革开新宇
百业兴隆报好春

九州黎庶春风满
万里山河气象新

九陌晴光行处好
六合春色望中新

九霄云路催鹏翼
百业征途赖骏才

十分春色千山秀
一带炊烟万户新

十分春色开新景
五福农家乐小康

十亿神州百姓乐
八方锦绣四时春

十里春风带喜讯
一湾碧水淌佳音

十里桃烟融霞彩
万条柳色化锦云

十年树木千秋业
一统江山四海春

几点雪花几点雨
半含冬景半含春

几点梅花迎淑气
数声鸟语闹春光

人为赏心争贺岁
鸟因得意竞鸣春

人有雄心图报国
马奔大路喜迎春

人杰地灵家计裕
物华天宝国基宏

人民生活千重福
祖国山河四季春

人和政善千家暖
国富民强四海春

人寿年丰新岁月
梅香雪瑞好春光

人行正路家兴旺
党树新风国富强

人绣三春山水美
旗开九域国家兴

人物风流皆向党
山川秀丽早占春

人欢马叫丰收岁
虎跃龙腾胜利年

人歌五福金鸡唱
岁乐千春紫燕飞

人逢盛世精神爽
岁转阳春气象新

人逢盛世千家喜
户沐朝阳万事兴

人逢治世居栖稳
运际阳春气象新

入户和风增瑞气
临门旭日发春晖

又是一年春草绿
依然十里杏花红

大块文章还假我
十分春色总宜人

大地阳回春有脚
德门庆衍福无疆

大地山河添秀丽
高天日月倍光辉

大地春回花竞放
新天日出鸟争鸣

大地山河春似锦
高天日月气如虹

大地春光皆锦绣
满庭花气渐氤氲

大地春来腾紫气
中天雾散灿阳光

大地春回多锦绣
江山雪后更妖娆

大有作为新岁月
无边春色好江山

大好家庭融淑气
文明社会发新机

大喜丰年频酌酒
合欢门户喜迎春

大厦拔地凭四柱
巨龙飞天耀中华

大富民欢逢盛世
小康景乐度阳春

小康在望春光好
局面初开景象新

小楼一夜听春雨
百姓四时享太平

小院绿浮红乍露
新年余庆喜频临

小康入户春风暖
美德当家正气多

三山五岳皆为景
万紫千红总是春

三冬雪后三阳泰
五谷香中五福春

三阳日照平安地
五福星悬吉庆家

三阳启泰生机畅
百业兴隆喜气盈

三阳开泰春无限
五谷丰登岁有余

三春天地迴元气
一统山河际太平

三春桃李东皇染
万里风云北极生

三春淑气盈六合
百业雄风震九州

三春花满香成海
八月涛来水作山

三春景象千般美
四合门庭百样新

三春美景来天地
百业宏图壮古今

三春美景诗中画
九域宏图锦上花

三春美景生南国
百姓福音传北京

三春淑景靓寰宇
四美新风遍中华

三春喜庆三阳泰
五谷丰登五福临

千条绿柳垂金线
万树寒梅吐玉葩

千条绿柳迎春舞
满树红梅带雪开

千条杨柳随春绿
万朵山花向日红

千山叠翠千山画
万水扬波万水琴

千山叠翠春光好
万物复苏气象新

千门共贴迎春画
百姓同吟祝福歌

千门万户皆春色
十雨五风卜岁朝

千里山河春永在
万年功业国常兴

千家桃李皆春色
万户屠苏不醉人

千树流莺歌丽日
八方跃马上征途

千岭梅花回暖意
一江绿水送春潮

千秋古国千秋画
一代新人一代诗

千秋事业英雄气
万里山川日月光

万木争荣五岭碧
千帆竞发一江春

万千民众怀奇志
一代英豪绘彩图

万方更始觇天运
四序图新纪岁功

万户春风陶礼乐
百年事业绍箕裘

万户管弦歌盛世
百般色彩绣春天

万里和风生柳叶
五陵春色泛桃花

万里春风陶美德
百年事业冶新人

万里江山凝秀色
满园花木尽朝晖

万里江山期一统
九州花木庆同春

万里河山铺锦绣
九天日月焕光华

万里春风歌盛世
千家锣鼓庆新春

万里长征党指路
千秋社稷民当家

万水千山凭虎跃
五湖四海任龙腾

万年枝上春常在
五色云中日永明

万树繁花争早放
千骑骏马着先鞭

万象已随新序转
百花争向好春开

万象回春新雨露
五云捧日灿烟霞

万管玉箫歌盛世
千支妙笔赞新风

山川气象浑如画
人物精神又转新

山川秀丽千春艳
日月光华一代新

山青水绿春常在
人寿年丰福永留

山明水秀春光艳
院静花香淑景新

山花含苞迎春放
竹笋出土沐雨生

山铺瑞雪无墨画
水沐春风有声诗

门户更新随律转
山花吐艳逐时开

门上桃符浮瑞气
宅前爆竹贺新年

门迎百福福星照
竹报三春春日新

门迎晓日晴光好
户纳春风吉庆多

门浴春光添秀丽
人逢喜事壮精神

门前春色万千景
院里红梅三五枝

门前有水家不俗
院后靠山景更新

门前雪酿丰收酒
院里花开幸福春

门对青山千里秀
家居福地四时春

门前嫩柳沾春露
院里好花带月香

门凝瑞气鹊鸣喜
户发春光梅吐香

才见早春莺出谷
又逢晴日柳含烟

才迎竹月松风岁
又过花香鸟语春

才见云霞腾丽日
又闻龙虎啸春风

久立安邦兴业志
常怀报国效民心

久居福地人增寿
乍望蓝天燕舞春

飞红点翠描春色
结彩张灯庆瑞年

飞花喜送贺年帖
春雨笑弹祝福歌

与福同圆中国梦
约春长住小康家

元日喜斟祝福酒
春风初放团圆花

户满春风春满户
门盈喜气喜盈门
（回文）

彤云暖护柳垂绿
瑞雪香霏梅放红

太平有象人同乐
天地无私物自春

心地光明千丈霁
家庭和睦四时春

天开美景春光好
人庆丰年节气和

天意回春生万物
人心乐善降千祥

天下同春人得寿
世间共乐树延年

天上星杓旋北斗
人间春信到东郊

天赐与一门吉庆
春送来四季平安

天增岁月人增寿
春满乾坤福满门

天增岁月地增产
春满城乡福满门

天降甘霖滋五谷
党施惠政泽万民

天暖竹摇风度翠
春归梅放雪生香

天翻地覆开新景
虎跃龙腾闹大年

天翻地覆旌旗奋
燕舞莺歌日月新

天擎四柱国基固
旗耀五星伟业新

天泰地泰三阳泰
家和人和万事和

天将化日舒清景
院有春风聚太和

太平世界家家福
锦绣河山处处春

日月光华辉大地
人民伟业壮新天

日月光华歌复旦
云霞灿烂乐长春

日丽风和春浩荡
花香鸟语物昭苏

日丽中天归众望
龙腾华夏誉千邦

日丽远山含淑气
晴烘芳树蔼春晖

日丽江山生瑞草
春来华夏绽香花

日出神州张正气
春来华夏展宏图

日照江山千载秀
春催祖国万年昌

日新月异金鸡唱
鸟语花香春水流

日暖风和香四野
莺歌燕舞庆三春

日暖阳春曜宝座
风和淑气蔼衡门

日射朝霞金世界
月临天宇玉乾坤

日融寒雪大年瑞
鹊唱腊梅小院香

日辉春色春无限
党送福音福有余

月满一轮辉宇宙
梅香千里到门庭

风和日丽花争笑
水绿山青鸟竞歌

风和日丽九州艳
鸟语花香四季春

风发龙门春浪暖
日临雁塔晓云开

风展红旗万里画
汗滴黄土五谷丰

风梳杨柳千山绿
雨润芙蓉万户红

风送莺歌辞旧岁
雪融梅馥报新春

风流人物数当代
大好春光看今朝

云间瑞气三千丈
院里春风十二时

云霞涌日磅礴出
梅柳迎春婀娜来

云灿星辉皆是瑞
湖光山色景宜春

火树银花明盛世
生龙活虎闹新春

水流春色山流彩
人恋故乡蝶恋花

化日舒长莺语巧
春风得意马蹄娇

文明正气催春暖
礼貌新风扑面香

文明家室春光好
勤俭门庭福寿多

文韬武略兴邦策
国泰民安治世经

中华十亿心灵美
大地三春景色娇

丰收乐里迎春笑
幸福堂间话党恩

丰收酒漾全家笑
致富花开四季春

丰收美景迎春画
致富红花扑面香

丰衣足食全家福
丽日和风大地春

丰收美景千山锦
幸福新花万户春

丰年有庆普天乐
妙景无前遍地春

长天驰日百花笑
大地回春万物苏

长风劲送千帆远
百鸟齐鸣万木春

飞雪迎春春若画
彩云追月月如盘

无边春色壮山水
有庆年头腾虎龙

无边风月普天锦
有脚阳春遍地歌

无意东风花半露
有情春色燕双飞

无限春光织锦绣
有为事业化宏图

开门已见几分喜
举步更登一层楼

不须着意求佳景
自有奇逢应早春

五色云中开晓日
万年枝上动春风

五色艳争江令梦
一枝春暖管城芳

五风十雨皆为瑞
万紫千红总是春

五湖四海文明盛
万紫千红景物新

五湖四海家家乐
万紫千红处处春

五陵春色烟霞近
万里晴云翰墨新

五星耀日江山秀
四柱擎天事业兴

五福堂前呈瑞彩
万年枝上闹春光

五湖春色浮天地
千岱青岚入画图

六龙整驭天行健
万象含辉地道光

六合同春神气盛
三阳启泰紫云腾

巨龙闹海中华志
猛虎登峰民族威

气清风正民康乐
纪肃法严国太平

四序花开香四季
三阳泰启乐三春

四序当推春日始
百年难遇岁朝初

四世同堂增福寿
一家喜庆得康宁

四序有方齐报捷
九州无处不飞花

四海春光随处好
满天雨露应时新

四海物华承雨露
九州山水尽朝晖

四海皆春春不老
九州共乐乐无穷

四海升平龙马健
九州安定画图新

四海归心歌一统
合家酌酒乐团圆

四有新人歌盛世
千秋伟业壮中华

四有新人创大业
八方俊杰展宏图

乍观小院添新景
多谢春风去旧尘

玉地祥光开泰运
蓝天旭日耀新春

玉树暖迎沧海日
朱轩光动锦城春

玉府珠林罗典籍
瑶阶瑞石出芝兰

乐事逢春听燕语
和风戏柳喜莺歌

好雨知时群卉盛
春风得意四蹄轻

好趁春风抒壮志
快跨骏马奔前程

史炳千秋昭国运
福延万代顺民心

正是一年春好处
殷期四季谷香时

半园竹影十分秀
一簇梅花百样娇

冬去红梅融白雪
春来绿柳舞东风

冬去犹留诗意在
春来身嵌画图中

冬雪欲白千里草
春晖又灿万丛花

旧岁已赢十分景
新年更上一层楼

北国梅花迎岁早
南疆杨柳得春多

平安二字竹相报
喜庆对联梅伴红

平安竹长千年碧
富贵花开一品红

平安即是全家福
和气可生四季春

白马壮心奔大道
青春浩气贯长虹

白雪银枝辞旧岁
和风细雨润丰年

白雪红梅增画意
青山绿水动诗情

白酒千盅家有庆
红旗万杆国扬威

巧绣河山添美景
善争岁月献华年

古木参天经日月
鲜花披露阅春秋

古木喜沾新雨露
今朝欣沐好时光

古柳重开今日眼
残梅犹著隔年花

东风一过千山绿
南燕双归万户春

东风吹奏新春曲
瑞雪蕴含大有年

东风已绿南国草
春信才开北岭梅

东风送暖花争艳
大地回春鸟竞歌

东风送暖家家暖
飞雪迎春处处春

鸟识新机随日至
燕寻旧主带春来

鸟寻花径知春到
鱼跃龙门带雨飞

鸟当朝曙语催晓
花浴春风香袭人

鸟语花香歌丽日
年丰物阜乐尧天

鸟落新枝传吉语
花开上树发清香

鸟鸣春景山林乐
蝶舞丰年稻谷香

鸟鸣花艳春光美
人寿年丰喜事多

百鸟齐鸣迎旭日
千林披翠舞春风

百鸟齐鸣歌妙曲
万民欢愉庆丰年

百花争艳山川秀
群鸟欢歌岁月甜

百花争艳三春景
万象更新五福家

百花齐放春花俏
五福骈臻幸福多

百业繁荣国策好
万民幸福晓光新

百年天地回元气
一统山河际太平

合家共敬一杯酒
百卉同迎四季春

向阳门第春先到
勤俭人家庆有余

向阳宅院春常在
和睦人家福永存

吉气祥光开泰运
春风淑景乐平安

吉星高照安吉第
福曜常临幸福家

吉星在户天垂象
玉琯调阳气转鸿

吉祥草发向阳院
富贵花开和睦家

吉祥在户人增寿
道德传家福满门

吉祥岁月春风霭
如意家庭淑景新

观山河已无旧景
看杨柳又是新春

光景富裕千载好
山河秀丽四时春

李艳犹含山外雨
桃红更带日边霞

岁月知春花解语
人心思治鸟知音

岁月逢春花万树
人民得意力千钧

岁月逢春花遍地
人民得意劲冲天

岁序更新春满目
风光胜旧喜盈门

岁迎燕舞百花艳
国步龙腾万象新

岁首欣同谈改革
春初喜继奋长征

岁通盛世家家福
人遇华年处处春

岁逢大有春增彩
民过小康日灿辉

岁欲丰盈人欲富
民思安定国思强

年年过年年年好
月月赏月月月圆

年丰人寿福如海
柳暗花明春似山

年去年来新替旧
花开花落腊迎春

年降瑞雪梅更俏
岁逢阳春景愈新

年瑞岁新花解语
风和日丽鸟知音

年有新裁春色赋
景无旧貌福音图

迎三春描山绣水
兴百业富国兴邦

迎春始觉春常在
辞岁方知岁又来

迎春瑞雪妆梅艳
送暖东风着柳新

迎春花花开春早
布谷鸟鸟唱谷丰

迎春花绽千枝俏
改革果垂万篓香

迎新春春光明媚
辞旧岁岁月火红

迎新春同心共勉
圆美梦四海归心

有为事业群英创
无限春光众手描

有情燕语报新岁
得意春风上柳梢

有脚阳春舒柳叶
无边淑气到梅花

庆丰年合家欢乐
贺佳节满院生辉

庆新春春花竞艳
颂祖国国运图强

兴邦有道春常在
治国多方福永存

兴邦有策苍生福
报国无私赤子心

旭日垂轮春色美
和风袭庆物华新

旭日一轮红玉宇
春风万里绿神州

旭日一轮光四海
红旗万里耀中华

旭日腾辉开淑景
春风和畅展宏图

旭日腾辉天织锦
群芳吐艳鸟鸣春

旭日争辉新社会
春风送暖大家庭

旭日晓含珠树影
和风晴护玉堂春

旭日含熙欣福寿
春风得意祝安康

旭日轮飞迎兴旺
高梧凤落降和祥

如画江山千古秀
多娇祖国万年春

江山一统三千里
诗酒五珍十万家

江山永固风云壮
日月常明天地新

江山如画人多寿
家室雍和志有成

江山如画千重秀
日月多娇万载春

江山画卷描新样
桃李春风改旧观

江山呈秀春难老
杨柳展姿燕试飞

江山永固河山秀
日月常明岁月新

江山盛世春风里
日月新天画图中

江山秀丽传千载
桃李馥馨艳三春

江山景色非常好
祖国春光格外娇

江山喜酿迎春酒
莺燕争鸣祝福歌

江边柳线迎春绿
门上桃符耀眼红

壮丽关山迎晓日
风流人物建中华

壮志凌云振雁翼
群英跃马赴征程

阳春美景皆如画
时代新风尽到门

阳春有脚舒杨柳
淑气无边到竹梅

阳光灿烂辉门第
佳气葱茏润岁华

芝兰自启山川秀
松柏长留天地春

芝兰得气一庭秀
桃李成荫四海春

池上碧苔三四点
树间黄鹂一两声

连天碧海澄朝曙
拔地新楼展伟姿

连天爆竹迎春瑞
遍地凯歌颂党恩

连天瑞雪千门乐
献岁红梅万户香

众鸟纵情传笑话
百花着意缀新春

发家创业凭才智
治国安邦赖俊贤

华夏新春逢大治
神州丽日耀小康

华夏有天皆丽日
神州无处不春风

华夏年年开骏业
新春处处展宏图

华夏子孙气盖世
炎黄儿女志超群

红气满林花著雨
翠光摇户柳含烟

红杏林中添燕语
绿杨阴里有莺啼

红杏枝头春意闹
向阳院里笑声稠

红萼一枝迎早岁
彩灯万盏照华年

红梅预报金门晓
绿柳新添绣陌春

红梅映日祥云绕
翠柳迎风紫气来

红梅枝上流春意
喜鹊口边报福音

红梅吐蕊迎春节
喜鹊登枝报福音

红梅乍绽知春早
白雪初融兆岁丰

红梅绽蕾傲冬雪
绿柳随风迎旭晖

红梅斗雪祥光满
岸柳迎春淑景新

红梅傲雪花尤俏
翠柏耐寒叶更繁

灯灿月辉明盛世
龙腾狮舞闹新春

灿烂花灯光盛景
喧腾锣鼓颂丰年

花木向阳春不老
人民跟党福无边

花木争春香遍地
人心向党力胜天

花气袭人春早到
鹊声穿树福常临

花开大地春光美
福降门庭喜气浓

花开四季春来也
竹报三多喜到矣

花开富贵年年好
竹报平安处处新

花开富贵千家乐
灯照吉祥百姓欢

花开彩槛呈春色
莺啭芳林报好音

花好月圆年有吉
风和气淑院无尘

花沐春阳花竞艳
民逢盛世鸟同欢

花香鸟语春光好
水秀山青景色娇

花香满院春风至
喜气盈门幸福来

花放东风香万里
叶舒时雨绿三分

花放春风香万里
柳舒时雨绿十围

花香先报平安福
鸟语又传富贵春

花承朝露千葩发
莺感春风百啭鸣

花迎喜气皆为笑
鸟识春光亦解歌

花动一城春袅娜
歌酣万户国升平

花缀青山春妩媚
柳摇碧水景妖娆

花如解语迎人笑
草不知名随意生

花发门前春色俏
柳临江上惠风和

妙笔题联红万户
春风梳柳绿十围

妙笔生花呈锦绣
红梅献岁放馨香

芳草春回依旧绿
梅花时到自然红

芳草萌盈新气象
春光仍驻旧门庭

芙蓉夜月开天境
杨柳春风拥画图

芙蓉国里江山景
红杏枝头日月春

杨柳春风舒美景
芙蓉夜月耀新天

杨柳春风千里绿
芝兰曙色一庭香

含笑红梅香四野
迎春翠柳舞千条

园中草木春无限
湖上风光画不如

园林桃李争春暖
岭径松筠耐岁寒

时雨点红桃千树
春风抹绿柳万枝

时雨点春花万树
人民跟党福千年

时和景泰迎新岁
月异日新庆小康

时际三阳多淑气
家敦一乐有和风

丽日祥云承盛世
和风福气载新春

初阳弄色鸣飞鸟
残雪留寒伴落梅

社会文明臻大治
人民幸福庆新春

两袖清风含正气
一门亮节浴春晖

扶贫绘制时间表
追梦遵循路线图

改革换尽千年旧
开放迎来万象新

改革一钥开万锁
承包百法富千门

改革潮流推国富
竞争鼓角励人勤

改革时代创新业
德范家庭传福音

改天换地描春手
伏虎降龙造福人

宏图大展展宏志
伟业中兴兴伟华

宏图百业金瓯固
神箭三星宇宙翔

励精图治宏图起
革故鼎新事业兴

秀水绕门蓝作带
远山当户翠为屏

雨洗杏花红欲滴
日烘杨柳绿初浮

雨润三春千野碧
旗开万里九州红

雨萦芳草连天碧
春恋寒梅映日红

青山林茂千重翠
碧野粮丰万簇金

青山不老春愈秀
绿水长流景更娇

青山拥黛因鹏约
梅蕊留香待雪评

青山不墨千秋画
绿水无弦万古琴

青归柳眼窥晴画
红点桃唇笑暖晖

青山绿水风云静
碧海蓝天日月明

青松别具三分景
紫燕衔来万户春

和顺一门生百福
平安二字值千金

和气盈门迎瑞气
春光满眼映文光

和气致祥祥意盛
腊梅滋福福音浓

和气一门生百福
春光万里聚千祥

和风暖日开新景
瑞帖新桃到大门

和风剪柳千丝绿
瑞雪妆梅万点红

和风遍地庆新岁
瑞雪漫天兆丰年

和风送暖燕梳柳
飞雪迎春蝶恋花

和风万里化甘露
春色十分融画图

和欢邻里比金贵
勤俭持家如玉珍

和睦一心传家久
勤劳二字继世长

和雍即是全家福
勤俭可生遍地金

金风八面壮秋色
碧野四方涌春潮

金鱼戏水花含笑
紫燕穿风柳戏烟

金樽玉粟千门秀
绿树红楼万户春

金涛绿浪丰收景
翠柳红桃锦绣春

金莺织柳千门晓
喜鹊登梅五福春

金莺织柳天开镜
喜鹊登梅户纳春

佳节良辰祈福酒
新图美景报春花

佳节丰年春意闹
青山绿水日光新

佳气绽梅红胜锦
和风拂柳绿如云

佳气葱茏如意草
阳春明媚吉祥花

明月含情花润色
春风得意鸟知音

明月一轮光两岸
春风万里荡九州

明山秀水由春到
绿树蓝天任鸟飞

奇石尽含千古秀
异花长占四时春

奇功伟业凝春景
瑞霭丹霞灿德光

河边柳叶迎春绿
门上桃符耀眼红

河清海晏金瓯固
人寿年丰玉帛调

枝上红梅霜里笑
田间春信雪前归

松竹梅岁寒三友
桃李杏春风一家

松竹梅岁寒三友
天地人四海同春

松竹梅共经寒岁
天地人同乐阳春

松柏千年增美景
江山万里起宏图

残雪逢春冰即解
青山滴翠草凝香

仁和朴素传家宝
勤俭厚诚继世经

昌期幸际春元日
泰运欣逢安定年

幸福常临勤俭户
春光永驻文明家

幸福花开迎百福
吉祥鸟唱报千祥

幸福花开香四海
长春日照暖九州

幸福门第春无限
节俭人家岁有余

幸福家庭无俗气
书香门第有奇才

幸福光景年年好
和煦春风日日新

鱼跃鸢飞争报国
莺歌燕舞竞迎春

鱼龙变化好时代
桃李芳菲艳春光

鱼跃龙门成大器
马驰云路步小康

鱼游新岁纳余庆
鸡报早春逢吉祥

物阜年丰民幸福
俗淳风正国昌隆

郅治歌声敷四海
英风气概满九州

国展宏图民展志
春盈大地喜盈门

国富民殷逢盛世
花香日丽正阳春

国强民富人康泰
柳暗花明景妖娆

国运昌隆逢大治
家庭和睦乐小康

国运勃兴花益灿
民情快乐月弥明

国运兴隆百业盛
党恩浩荡万家春

国逢安定九州乐
时际芳春百姓欢

国昌百业文明盛
运启三阳景象新

诗情画意描春手
虎气龙威造福人

草木复苏春意满
人民得福党恩深

草种吉祥延画意
花开富贵溢春香

娇黄嫩绿春前柳
淡白深红雨后花

娇梅吐蕊迎春日
嫩柳展枝舞惠风

柳眼才舒芳草地
桃腮正晕碧云天

柳眼桃腮舒化日
莺歌燕舞笑春风

柳态婀娜四野绿
桃颜烂漫十分春

柳浪千重新雨润
春风十里百花香

柳丝绿浮心波荡
桃蕊红映目光新

柳垂千里三江绿
梅放万山五岳红

柳绿桃红春万里
烟消雨住日中天

柳岸雨浓千树绿
桃园春暖万枝红

柳青杨翠九州暖
年瑞岁新四季春

柳绿花红一幅画
山明水秀四时春

姹紫嫣红点春色
山明水秀浴朝晖

姹紫嫣红花绽笑
山青水绿鸟争鸣

柏酒飘香新岁月
梅花怒放暖春风

柏酒生香樽泛碧
桃符换岁帖书红

院里红梅戏飞雪
门前翠柳舞春风

院内梅花开五福
阶前竹叶报三多

院内梅花迎岁放
庭前萱草贺春滋

庭中有竹春常在
天上无云月正圆

美丽春光敷万里
文明世泽衍千秋

美酒千杯辞旧岁
梅花万树报新春

美酒千樽辞旧岁
花灯万盏祝新年

春上梅梢招喜鹊
国逢盛世展宏图

春风得意人圆梦
事业成功国壮威

春风正好分琼夜
瑞日遥临丽凤城

春风送暖芳千树
红日增辉乐万家

春风送暖先舒柳
天意驱寒早放梅

春风送暖归杨柳
细雨飞红上碧桃

春风杨柳千村笑
丽日桃花万户春

春风和畅舒新柳
淑气宜人啭早莺

春风南国来新燕
旭日东方起大鹏

春风拂柳山川秀
细雨润花庭院香

春风掩映千门柳
暖雨晴开一径花

春风惠我财源茂
旭日临门淑景新

春风杨柳五湖笑
暖日桃花四海歌

春风得意一庭秀
丽日含辉四季明

春风得意花增色
丽日舒怀柳泛烟

春风似仙姬拨乐
飞雪如天女散花

春风化雨香千里
政策归心暖万家

春风暖发宅旁树
甘雨浇开枝上花

春风入户花开早
政策归心劲破天

春风和煦山河翠
民意欢腾岁月新

春风紫燕曾相识
桃李芳园再度栽

春风大雅能容物
梧叶飞天贺有秋

春风一夜桃符满
德睦四邻米酒香

春至百花香满地
节来万事喜盈门

春光明媚百花地
祖国富强一统天

春光满院莺鸣柳
喜气盈门鹊戏梅

春光摇曳舒新柳
淑气薰蒸啭旧莺

春色无边称禹甸
世风有道胜尧天

春色不随流水去
花香时送好风来

春光掩映千门柳
碧水萦回十里花

春之使者报春信
龙的传人振龙威

春回黄鹤红花地
日暖白云紫气天

春回岁转纳余庆
国泰民安思富强

春回大地千峰秀
日暖神州万木荣

春回大地春光好
福满人间福气浓

春入庭院多秀色
瑞呈宇宙有光辉

春入春门春不老
福临福地福无疆

春天垂柳春常驻
福地飞歌福永留

春日春风春景美
福天福地福音喧

春来喜雨知时节
云灿晴光转物候

春归风沼恩波远
晴入云山佳气多

春归草木当庭秀
日照山河映户新

春归柳叶鸟声脆
花放梅梢香气浓

春归华夏风云壮
日照神州气象新

春来芳草重新绿
时到梅花再度红

春引奇花红映日
冬萌芳草碧连天

春来也鱼龙变化
时至矣桃李芳菲

春来门口梳新柳
人在福中话党恩

春到万花堆锦绣
风听百鸟弄笙簧

春到枝头人不觉
阳回水面鸭先知

春花消息寒梅报
芳草萌芽细雨催

春花吐艳门阑秀
旭日生辉天地新

春雨知时滋万物
朝阳有意暖千门

春风润绿九州地
旭日映红十亿心

春雨丝丝荣草木
红梅点点绣河山

春临柳谷莺先觉
露滴松枝鹤有声

春意盎然龙起舞
惠风和畅马奔腾

春情寄语千条柳
世第流芳万卷书

春情寄语千行柳
壮志挥鞭万里程

春酒许留新岁醉
梅花不欠旧年诗

春盈大地春花艳
国展宏图国梦圆

春盈四海风光美
花漫九州景色娇

春满乾坤来瑞鹤
花开锦绣照青松

春满神州花吐艳
情传宝岛燕归来

春传宝岛思亲切
日暖神州待燕归

春随芳草千年艳
人与梅花一样清

春随白雪红梅到
福自东风好雨来

春好更逢形势好
物新尤庆岁华新

春露含嫣泛紫气
山花吐蕊映朝阳

春荣景泰和为里
物阜民康德作邻

春深碧海腾龙甲
花满天池起凤毛

春融丽日莺声脆
翠绕华门燕语新

春晖大好英雄健
天地多情草木荣

春景重临增幸福
世风好转振文明

春铺南国千重绿
旗展东风万里红

春落红梅香万树
岁更爆竹响千门

春联换尽千门旧
爆竹催开万户新

春联副副书民意
爆竹声声谢党恩

昨夜春风才入户
今朝杨柳半垂堤

昨夜和风来海外
今朝春色到门前

律回天上三阳转
春到人间万物苏

律转青阳瞻气象
天开黄道启文明

绘我河山挥彩笔
献身祖国谱新篇

祖国长春人长寿
江山更美岁更新

祖国江山期大治
人间岁月乐小康

神州喜庆春元日
大地欢呼丰稔年

神州改革惊中外
华夏腾飞贯古今

神州共庆升平世
海宇同歌大有年

革故鼎新昌国运
勤耕博读振家声

革故鼎新百业盛
励精图治万民欢

造福人民酬壮志
献身祖国建奇功

政策归心山变玉
春风得意水流金

政策光辉比日月
人民力量震河山

香生柏酒樽泛碧
岁换桃符帖书红

香浮小院红梅闹
翠绕大门紫燕飞

残叶痴情随雪落
新芽执意伴春抽

烟霞尽入新诗卷
山水遥开古画图

桃李争催春烂漫
云霞长拥日光华

桃红十里壮春色
李艳万丛明曙光

桃红李白春消息
水绿山青画源泉

桃花消息梅先报
秋日谷香春早闻

桃杏芳菲春似锦
芝兰恬怡院飘香

桃花已发三层浪
玉树长含万里风

桃红柳绿迎春日
民富国强逐梦时

泰运洽融春日丽
阳和发育物华新

莫恋千峰万壑景
更争四海五湖春

浩荡春风飘大纛
峥嵘岁月入长征

浩荡东风腾大地
秀妍春色丽神州

酒饮千杯除旧岁
人钦四美树新风

酒香四溢祝新岁
花艳千枝妆旧家

家园似锦添春色
福运齐天赖党恩

家家喜饮丰收酒
处处盛放幸福花

家庭致富当勤俭
梅柳迎春报吉祥

家传美德数千载
世继嘉风几百年

家祥世衍无疆庆
国泰天开不老春

胭脂倾地花千里
翡翠垂塘柳万条

艳阳高照千山翠
华夏喜迎四海春

党如丽日恩光远
人过新年喜气多

党开新纪施良策
国遇盛期展壮猷

党是福源万世乐
春为岁首百花开

勒马开怀颂大治
迎春祝酒唱丰年

莫待明日花更好
当惜今朝春正浓

唐虞盛世虚闻古
天地长春实见今

爱党心诚葵向日
迎春岁美鼓催人

崭新岁月风流世
喜庆年头福寿家

乾坤日月祥云绕
龙虎风云瑞气生

晓日光明新社会
春风浩荡好前程

笑看春色来何早
细数红梅发几枝

得一缕清风悦我
调十分颜色绘春

海岳烟霞开锦绣
江城梅柳焕文章

海波千里凭鱼跃
天宇万重任鸟飞

海峡鹳鸥同戏水
炎黄儿女共迎春

莺歌燕舞春风里
马叫人欢曙色中

莺歌有韵柳争绿
燕语无邪桃竞红

莺啼燕语多成韵
竹雨蕉风亦作歌

莺识新机随日至
燕寻旧主带春来

绿柳春风开妙景
芙蓉夜月耀新天

绿柳舒眉羡新岁
红桃开口笑丰年

绿萼梅开江北暖
红棉花发岭南春

绿融大地春风近
红染长天旭日高

淑景竹梅三五瓣
春风杨柳万千条

剪柳金莺喧暖日
穿堂玉燕舞春风

梅苞傲雪渡香海
柳叶随风浴春阳

梅开五福门迎喜
竹报三多户纳祥

梅柳渡江春正好
骅骝开道景愈娇

梅露笑颜春及第
雪融新貌福临门

梅讯复传春又至
桃符再换福常存

梅红塞北满天彩
柳绿江南遍地春

梅花欲待风中雪
兰气先迎雨后春

梅花树上春风暖
桂子丛中时雨新

梅和腊雪调新色
花引东风入旧枝

梅开春色暖千树
鹊报福音传万家

梅竹平安春意满
椿萱并茂寿源长

梅含秀色三江碧
柳沐朝阳四海春

梅带寒香成隔岁
酒移腊味入新年

梅岭霞光开美景
柳川烟霭展春图

雪消门畔千山翠
花发江边二月晴

雪洁巧铺千里玉
柳舒喜绽万条金

雪香年瑞竹摇翠
日丽春新桃点红

雪映红梅千岭笑
春融碧草万畦芳

雪映红梅千岭艳
风吹绿柳万家春

雪挂松梅千树俏
风抚杨柳万枝新

雪融大地春风近
霞染长天旭日高

盛世春风苏万物
艳阳紫气到千家

盛世安居歌大治
新春乐业赞中兴

盛世清明如霁月
阳春锦绣似新图

盛世河山臻壮丽
新春日月显奇观

盛世同歌歌盛世
新春共乐乐新春

接天瑞霭千家乐
献岁梅花万里香

扶贫已绘时间表
追梦正循路线图

辉生四野山川秀
春到千家杨柳青

捷报尽书改革业
凯歌皆唱文明风

遍地腾欢歌国泰
普天共乐颂民安

登高望远九州伟
辞旧迎新六合春

登梅鹊唱全家福
耀眼花开大地春

堤柳欲眠莺唤起
山花乍落鸟衔来

晴光荡漾花初醉
霁景纡徐柳正眠

紫微高接三台瑞
黄道新开五凤祥

紫气瑞气凝福气
阳光祥光焕春光

紫燕迎春春色俏
黄莺戏柳柳烟新

鹊向枝头祝福好
梅从岁首报春来

朝阳万里山河壮
伟业千秋岁月新

朝日融融梅俏丽
春风习习柳葱茏

遥闻爆竹知更岁
偶见梅花觉已春

雄鸡三唱迎春到
喜鹊一声报福来

腊梅雪里无凋谢
春杏枝头有瑞香

腊鼓催春绽梅柳
花灯映雪兆桑麻

寒就梅花传腊去
暖从燕子带春来

锦绣河山非昔比
风流人物数今朝

锦绣江山千里美
火红岁月万年春

锦绣河山遍地画
宜人春色满园诗

锦绣春明花富贵
琅玕昼静竹平安

景明气淑祥和地
鸟语花香鹧鸪天

惠风和畅骋怀日
天朗气清得意春

惠政兴邦逢大治
忠诚报国践初心

最是一年春好处
乐为两岸月圆时

最养百花唯晓露
能生万物是春风

雄心开创复兴业
妙手绘成幸福图

疏柳绿荫幸福院
梅花红映文明村

蛟龙腾海三千丈
梅柳报春十二时

普天皆乐人长寿
四海同春花盛开

普天同庆人民福
遍地迎春稻谷香

喜雨逢春千树绿
红梅傲雪一枝香

喜雨匠心荣草木
春风妙手绣河山

喜鹊登枝迎大吉
春花吐艳闹新春

喜斟美酒迎春至
笑看红梅接福来

喜看盛世花千树
笑饮丰年酒一杯

善政普施民共乐
宏图大展国长春

景物一年新节好
诗怀万种早春来

椒盘柏酒新年乐
草色苔痕小院馨

献岁金鸡迎日唱
报春红萼透心香

献岁香梅开五福
迎风嫩柳舞三春

瑞日芝兰香宅第
春风棠棣振家声

瑞雪纷飞银万树
春风浩荡绿千畴

瑞雪无声滋大地
春风有意拂神州

瑞雪映兆丰稔岁
红梅喜报吉祥年

瑞雪红梅漫天彩
东风绿柳满园春

瑞雪纷飞佳节到
梅花绽放早春来

瑞雪迎春春日丽
赞歌祝福福音多

满门春色秀山水
盛世新风遍城乡

满目宏图随手展
一年好景逐春新

满园桃李争春暖
遍岭松筠耐岁寒

满园春色皆图画
大地歌声焕彩霞

满院春花红隐蝶
对门翠竹绿藏莺

满院生辉春日丽
当门结彩燕儿飞

新岁增添四季乐
彩毫描绘十分春

新岁新年新气象
好山好水好前程

新年新岁丰收景
春雨春风改革潮

新春乍到花方艳
淑景初开酒更香

新人新事新天地
好日好春好景观

新风好事天天遇
舜日尧天代代逢

新策初行多创业
宏图再展更谋猷

新图美景花方艳
佳节良辰酒更香

新蒲细柳皆春色
紫燕黄鹂俱妙音

新潮流随春而至
旧习俗与岁共除

福日生辉光大地
瑞门结彩庆新春

福来小院全家乐
春到门庭四季安

福星高照千门福
春意盎然万里春

福气满门人益寿
春光遍地日增辉

福到门庭花竞艳
春归院落燕双飞

福到门前阳气旺
春归院里竹荫长

福寿无边传百代
阳春有脚走千家

福泽万民功在党
花香四季总归春

楼外春荫鸠唤雨
门前日暖蝶翻风

楼接红霞新日出
梅香白雪早春来

楼靠青山臻百福
门傍绿树聚千祥

燕翼织成中国梦
春光醉了小康年

鹏鸟凌空云翼健
梅花献岁雪魂香

鹏程万里凌云志
伟业千秋揽月功

鹏御春风游宇内
凤迎旭日舞门前

勤俭从来称美德
仁和扑面是春风

勤俭人家春早到
向阳宅院福先临

勤俭持家家可富
文明建国国必兴

碧天瑞霭千门晓
大地春花九陌晴

碧水青山千里秀
红楼绿树万家春

碧草金葩开盛世
红心铁手展宏图

碧海蓝天龙起舞
红桃绿柳燕穿飞

碧桃丹桂探春色
甘雨和风兆丰年

翠竹临风春意美
红梅报喜福音浓

翠鸟黄莺歌曙色
青山绿水泛春光

嫩柳红梅迎旭日
尧风舜雨霭新春

漫天白雪兆丰稔
遍地红梅报新春

漫言万壑千峰美
更道五湖四海春

旗展五星辉日月
花开四季丽山川

篁竹乍舒门畔绿
梅花早绽岭头红

燕翻玉剪穿红雨
莺掷金梭破绿烟

燕识旧巢啼吉语
莺栖新柳唱春歌

燕舞莺歌歌盛世
国安家庆庆新春

爆竹一声除旧岁
桃符万户换新春

爆竹千声歌盛世
红梅万点报新春

爆竹花开灯结彩
江春柳发岁更新

爆竹烟花添瑞气
颜筋柳骨写春联

耀眼宏图诗有画
宜人春色锦添花

瞩目望春春满目
出门见喜喜盈门

一元复始九州喜庆
八节协和四季平安

一代英豪九州生色
八方锦绣四海皆春

一派生机阳春有脚
满天放彩瑞气无边

万户春风礼陶乐淑
三阳景运人寿年丰

万里风和光生柳叶
五陵春暖色泛桃花

三春美景点妆大地
四有新人振兴中华

三春常驻风华永茂
百业俱兴国运恒昌

大治江山春光永在
小康岁月美景无边

工乐农乐九州共乐
国欢家欢四海同欢

云献吉祥星连福寿
花开富贵竹报平安

天复三阳群芳争艳
民欣五福各族同心

文明盛世江山聚秀
锦绣新春日月增辉

大业宏图光昭日月
神州豪杰力转乾坤

四海同心惠风和畅
万民共庆化日舒长

世事文明春风入户
江山秀丽喜气盈门

东风浩荡春光似海
政策英明盛世如花

东西南北八方永泰
春夏秋冬四季平安

北国南疆八方锦绣
春兰秋菊四季芳菲

玉律调元铭镌柏叶
璇图启淑信报梅花

民富国强年丰人寿
春华夏泰秋实冬藏

民心舒畅九州同乐
国运昌隆万象更新

鸟语花香人勤春早
风和日丽民乐年丰

旭日祥云千门竞盛
春风化雨万物争荣

阳春有脚山河溢彩
造化无私岁月增辉

岁岁迎春年年如意
家家纳福事事吉祥

运启三阳文明气象
世承一统壮丽山河

否去泰来梅开五福
人兴财旺竹报三多

国正芳年家图大业
人辞旧岁民盼小康

国富民强畅行四美
花香鸟语喜洽三春

和气春生惠流万有
清天朗日乐及群怀

度佳节千门颂国策
迎新春万户话党恩

幸福家庭人人幸福
文明社会处处文明

春满人间百花吐艳
福临小院四季长安

春雨春花宜人春色
新人新事治世新风

春花满眼欣逢佳节
秋实盈门共庆丰年

夏日可畏冬阳可爱
春山如笑秋水如妆

家富人欢顺如流水
时言乐畅穆若清风

黄发垂髫人人自乐
青山绿水处处皆春

眼底春光心中绮梦
门头福字笔下蓝图

寅琯迎年一元肇始
辛盘献颂四序先春

燕舞莺歌春回有意
民安国泰福运无疆

喜盈门天乐人亦乐
春及第花开心也开

辞旧岁革除旧面貌
迎新年描绘新蓝图

雪点梅心将春唤醒
莺捎花信把福领回

彩笔书春高悬福字
神州接福多谢春风

爆竹一声废除旧岁
梅花数点迎接新春

一声爆竹庆民安国泰
万盏红灯祝人寿年丰

万家福字贴红中国梦
九域春风染绿小康图

万紫千红满园皆春色
五风十雨遍地尽朝晖

大地播春光山青水绿
神州增润色姹紫嫣红

古国数千年伟哉鼎盛
长城一万里壮也更新

好景有期几枝梅似雪
丰年先兆千顷稼如云

全面小康一个不能少
百年宏愿九州莫等闲

凭三江水墨横书大福
借万里春风直达小康

东风引紫气一元复始
大地发春华万象更新

年年得福千家千幅景
步步登高一步一层天

国兴大政一带连一路
民乐小康万福送万家

春风春雨引万般春色
新岁新年开一代新风

燕翼飞梭织成中国梦
春光酿酒醉了小康年

爆竹两三声人间改岁
梅花四五点天下回春

万里江山重见尧天舜日
九州草木共沾时雨春风

双百年复兴路年年追梦
廿四字价值观字字生春

为子孙造福铁肩担日月
替祖国争光壮志改河山

乐事无边万户福星高照
太平有象一天瑞雪纷飞

岁序更新三朔同临首祚
风光胜旧一门独得先春

有脚阳春先到故园桃李
多情喜讯早盈我家门庭

同圆好梦家梦融于国梦
不忘初心党心凝聚民心

何处寻春鸟语花香鱼跃
四时问福家祥人寿年丰

物阜民康改变一穷二白
风和日丽欣观万紫千红

彩笔如花写就峥嵘岁月
春风似剪裁成锦绣江山

展笑颜山笑水笑人民笑
迎新岁天新地新事业新

爆竹声声脆报春兼报喜
华灯盏盏红醉面不醉心

人寿年丰江南塞北家家乐
山清水秀海角天涯处处春

人民江山铜墙铁壁千秋固
祖国春色姹紫嫣红万木荣

千家饺子包满团圆包满爱
一副对联贴红幸福贴红春

万紫千红遍地有花皆美育
一清二白居心无事不春风

万象承乾处处春光寒转暖
三阳启泰年年好景去还来

万树红花几度东风送暖至
千行绿柳一天好雨伴春来

日丽风和升平有象家家乐
莺飞燕舞覆载无私处处春

长青树有根独茂文明门第
幸福花无种偏生勤俭人家

长江长城歌颂祖国春常绿
黄水黄土孕育文明花更红

九域生辉五光十色满天锦
百花吐艳万紫千红遍地春

世界文明壮图喜展风云路
家庭幸福瑞气高呈日月光

岁月峥嵘六合春风千山绿
江山锦绣九州化雨万物苏

红日彤云纵横物与天然美
丰年足岁俯仰人随国步新

物阜年丰四海升平歌大有
国强民富万家幸福庆小康

乐事无边万户春灯传五夜
太平有象一天晴雪兆三丰

淑气临门物色新颖多光彩
春风及第花香浓郁展英姿

淑景融融风恬雨霁天然集
芳时湛湛野旷川明地道光

梅柳迎春万里东风绽桃李
芝兰献岁九天甘露乐椿萱

春从何处来共沐和风甘雨
花由此日发欣看绿柳红桃

春夏秋冬处处凯歌颂盛世
东西南北家家美酒祝新年

春回大地春光好春荣万物
福降人间福气浓福照千秋

春风化雨雨催春春回大地
瑞雪妆梅梅傲雪雪兆丰年

举湖海为杯祝愿人民幸福
谱春秋入曲欢歌事业兴隆

喜贺新年三江春水三江酒
建成大业一寸光阴一寸金

绿柳垂金又是一年春色好
青山染翠依然十里杏花红

俗记吴农分岁家家喧爆竹
舜传楚客迎年处处换桃符

疏柳摇风节俭人家事如意
红梅映雪勤劳门第年吉祥

燕舞莺歌又是一年春好处
龙翔凤翥难逢千载政通时

剪几朵窗花把春天接来心里
传一条微信将喜事报到家中

大地回阳春万里山河铺锦绣
普天奏雅乐四时烟景斗芳菲

廿四字箴言给盛世中华点赞
千万声颂曲为辉煌梦想放歌

北国好风光百鸟争鸣花似锦
中华多俊杰群英奋发气如虹

旧岁图新四季山青红梅正俏
新年除旧八方水碧翠柳含情

红豆发江南多情芳草年年绿
雪花飞岭北报喜春联处处新

汉满蒙回藏百族骈阗歌盛世
工农兵学商各行并举祝新年

花柳发韶年户外春风帘外雨
江山留胜迹秦时明日汉时关

春天皆丽日年增岁月人增寿
无地不春风喜满乾坤福满门

华光照四海四海皆春春不老
佳节临九州九州同乐乐无穷

雨露无私情四海珠玑皆润色
阳春有正气五湖锦绣尽朝晖

芳草年年绿装点大地千般锦
红旗处处飘指引长征万里程

党恩播福泽九州昌盛家家乐
国策赐祯祥百业兴隆处处春

喜九州生色爆竹鸣春梅贺岁
祈五福临门红联献瑞梦萦香

明月挂中天自有清辉周四海
神州期一统终成伟业炳千秋

春风梳绿柳黄莺啭日祝康泰
瑞雪映红梅喜鹊登枝报平安

春宵一刻千金切莫荒时废日
新岁寸阴尺璧须知夺秒争分

神州呈瑞彩一片红霞迎旭日
大地庆新年万枝绿柳动春风

普天开景运万里云霞成锦绣
大地转新机九州山水入画图

翘首望京华多谢春风常送暖
深情连海宇应凭红豆寄相思

大地回春看大好河山皆成锦绣
长天吐瑞兆长恒国祚永放光华

润泽恩泽霞蔚云蒸沐辉煌福泽
春华光华山青水绿赖锦绣年华

家境乐无边景如西湖福如东海
阳春喜有脚绿了北国红了南疆

梅花红柳丝绿画般山水千重秀
旭日丽松柏青锦样前程万里春

晴雪映梅花预兆丰年太平有象
朝阳迎爆竹是为改岁乐事无边

燕声莺声流水声谱就天然妙曲
桃色柳色青山色绘成大好春光

天地无私试看梅柳渡江云霞出海
人民有庆更喜龟蛇献寿龙凤呈祥

凤舞龙飞喜看大好河山生机无限
云蒸霞蔚遥望同胞骨肉团聚有期

时至矣望万里江山重见尧天舜日
春来也看九州草木共沐甘雨春风

笙歌一曲接新年处处有莺歌燕舞
美酒三杯谈国事人人赞海晏河清

小康笑语欢歌在湖藕水中稻香村里
新岁张灯结彩看江山入画气势如虹

四序更新巍巍乎万里长城三春不老
一元复始灿灿兮千年古国九鼎生光

过腊月入正月月月上弦月连下弦月
出旧年进新年年年阳历年接阴历年

阳和乍转国富民殷处处小康家家乐
淑气频催日新月异年年大有步步高

金鼓齐鸣祝祖国万里江山千秋永固
普天同庆喜人民十分春色百世其昌

春风送暖钓雪樵云煮茗烹鲜堪对饮
国运昌隆梅溪竹屋花晨月夕好谈诗

党扶正气民扬志气华夏年年增喜气
国倡嘉风家树新风神州岁岁荡春风

愿天堑变通途知两岸牵连几多幻梦
化干戈为玉帛看九州勃发一派生机

肝胆誓词一脉承壮志未酬初心不改
江山基业千秋固民情汇海国梦飞天

积善人家福气人家福字贴红中国梦
厚德邻里春光邻里春风染绿小康图

旗舞九州红大好春光祥云永驻文明院
风催千里绿小康岁月富水长流幸福家

廿四番花信神州大地万紫千红春意满
九十般春光举国上下三山五岭喜事多

永沐春风将一团和气化作爱心吟盛世
会挥大笔把万丈豪情凝成妙曲颂中华

大江东去问古往今来有多少英雄不朽
沧海横流看史书典籍惟乾坤正气永存

乐振家声阖家兴伟业步入小康传大爱
初圆国梦举国展宏图迎来盛世庆新春

丽日妆尧天欣逢盛世龙腾虎跃家家乐
和风荡禹甸喜看神州燕舞莺歌处处春

为人民点赞笑语欢歌九州大展和谐画
替祖国扬威豪情壮志百族同迎幸福春

隐壁

山川呈锦绣
庭院纳春秋 （山水画）

家景逢春好
门庭得月多 （春光图）

风洽一庭竹
月明四季花 （竹梅图）

出门身带喜
进院面皆春 （梅香图）

江山千古画
庭院四时春 （江山多娇图）

旭日腾天起
黄山拔地雄 （黄山日出图）

虎踞龙盘地
莺歌燕舞天 （虎啸青山图）

青松多寿色
白鹤有奇情 （松鹤延年图）

春在屏风里
人居福气中 （大福字）

祥光凝此壁
春色发新枝 （梅鹊图）

高梧好栖凤
福海可藏龙 （大福字）

福气凝东壁
春风到北门 （大福字）

画壁常凝瑞
德门不染红 （风景画）

门对青山千里秀
人居福地四时安 （山水画）

丹凤朝阳花向日
新春及第福临门 （丹凤朝阳图）

秀水绕门蓝作带
远山当户翠为屏 （山水画）

动地惊天龙气象
锦山绣水凤文章　（山水画）

鱼跃龙门三级锦
鹏翔云海九重光　（大鹏凌云图）

牡丹展瓣炫富贵
孔雀开屏耀吉祥　（孔雀牡丹图）

黄山飞瀑惊天地
苍海横流贯古今　（黄山瀑布图）

金鸡引颈鸣春早
喜鹊登枝报福来　（金鸡报晓图）

壁上精雕大福字
人间喜庆小康年　（大福字）

隐处德居浮瑞霭
壁间福字焕春光　（大福字）

蝙蝠雕屏多福景
鲤鱼画壁有余年　（连年有余图）

重　门

三阳开吉地
五福萃重门

上苑春风暖
重门瑞霭新

东风骈福祉
惠日丽重门

鸟语重门醉
花霏小院香

庆云来碧汉
瑞日映重门

重门迎喜气
福第煦春风

重门莺报喜
吉地燕衔春

甲第千祥集
重门百福臻

阳光辉大地
瑞气霭重门

依然两扇启
又是一重新

春光来上苑
瑞气绕重门

春风辉德里
瑞气霭重门

瑞雪兆丰稔
阳春到重门

鹊唱重门喜
莺歌大地春

日丽重门含淑气
晴烘芳径洒春晖

千里江山千里秀
一重门户一重新

风送鸟声来上苑
月移花影过重门

吉地祥光开胜景
重门旭日耀阳春

重门日暖花迎户
深院春归燕入帘

重门柳色连金谷
深院花香绕玉堂

香浮深院红梅闹
翠绕重门紫燕飞

笑声喜庆大年日
春意催开二道门

春归深院花荫密
喜报重门笑语稠

春融丽日莺声滑
花发重门燕语清

春风锦砌苍苔润
旭日重门紫燕飞

瑞绕重门增百福
春回甲第集千祥

德启重门光福地
祥开盛世沐春风

深入重门春似海
洞开万户静如山

雍熙大地春光溥
清吉重门福泽新

欲揽春光开妙境
常迎贵客到重门

楹　柱

一方燕语庭前落
四野春光眼底收

万叠云山开画境
千条杨柳舞春风

龙腾瑞气无疆庆
凤舞德门有福春

一夜春风绿四野
九天曙色明五湖

天泰地泰三阳泰
国兴家兴百业兴

四面轩窗宜小坐
一湖风月此平分

一树梅花半院景
四时烟雨八方春

天步已随春意走
心花正伴腊梅开

四海归心歌一统
千家把酒庆三春

一城花雨山河壮
满苑春风天地新

不须刻意求佳景
自有苦心逢早春

红杏出墙几点秀
腊梅傲雪一枝香

九天晓日招金凤
四海春雷唤玉龙

无边春色百花艳
有庆年头万木荣

红梅岁首传春信
翠鸟枝头报好音

人为赏心争贺岁
鸟因得意竞鸣春

引来紫燕啼春晓
自有金鸡上舞台

旭日扬辉千岭翠
甘霖滋润万家春

人杰地灵山水秀
物华天宝福祥多

鸟语花香锦绣地
风和日丽艳阳天

多福多寿家家乐
有庆有余岁岁欢

千里敞怀迎淑气
万家含笑沐春风

鸟当天曙语催晓
花浴风和香袭人

观山水山清水秀
度春秋春媚秋香

千重碧树锁青苑
四面朱楼卷画帘

东风轻拂千层绿
旭日高照万户春

身居福地年年福
眼望春天步步春

万里江山传画意
满园桃李动诗情

旧符曾写玉如意
新帖再题竹平安

阶前锦砌艳阳照
檐下花香紫燕飞

初春杨柳传诗意
晴雨江山入画图

雨过竹梢添翠色
春来梅萼散馨香

柱上悬联抒志趣
席间酌酒祝团圆

柱上春联呈笑意
庭前燕子唱新歌

柱前瑞发花成锦
户外春来鸟作歌

春光万里连天碧
笑脸千张映日红

春风一笑花千树
燕子三歌柳万条

春色不随流水去
花香时送好风来

春雨一帘苏子赋
秋烟半壁米家山

春染千畴三面绿
雨甦万物四时新

春庭昼永看花久
秋野天高任鸟飞

院里梅花迎雪放
庭前萱草向阳生

修竹满庭浮翠色
芳枝绕径映春晖

流水自然汇大海
和风依旧笑春花

随心锣鼓催春意
着意山河入画图

家室富裕千载好
山川秀丽四时春

家和邻睦添福寿
年瑞岁丰纳吉祥

晓看云霞出海曙
暮闻山水有清音

笑祝春风新岁月
喜斟美酒话桑麻

得意春风拂杨柳
有情细雨点芙蓉

梅绽丹霞花世界
雪笼银树玉乾坤

乾坤日月祥光照
龙虎风云瑞气生

廊上悬灯耀五色
柱间结彩盘双龙

稍见燕脂开杏叶
已闻雪香绽梅花

喜见河山增气象
笑看桃李尽芳菲

满园桃李堪娱目
无限风光喜壮怀

满天云彩辉庭院
遍地桃花笑蝶蜂

新春雨润千枝秀
盛世风吹万里香

楹间对句淌诗韵
联内法书留墨香

蝶舞春花飞上下
燕寻旧主辨音容

一轮红日千秋永照
百业蓝图万众同描

九州春色竞争红紫
一代新人各领风骚

大地回春九州焕彩
红梅献瑞四季呈祥

又逢新岁普天同庆
再展宏图举世共钦

山明水秀风光胜昔
燕舞莺歌大地回春

山清水秀阳春有脚
人寿年丰幸福无边

日暖神州光辉万里
春回大地气象一新

云涌吉祥风吹和顺
花开如意竹报平安

玉宇澄清九州日丽
东风浩荡百业图新

旭日含辉河清海晏
春风得意物阜民殷

百业宏图千秋伟业
八方志士一代风流

春丽九州千家康乐
风清四海万户平安

旭日临空三阳开泰
东风送暖万物咸苏

阳春美景山河添彩
大块文章岁月更新

盛世中华百年圆梦
小康美景四海皆春

主　房

一堂瑞气
满院春风

花开锦绣
云献吉祥

高堂日永
绮阁春生

立德齐今古
藏书教子孙

一庭明月
四壁清风

苍松倚日
翠竹凌云

黄民集福
赤县腾光

竹因虚受益
松以静延年

人修厚德
户纳春风

怀同霁月
量洽春风

梅香小院
春满高堂

江山千古秀
花月一帘春

人增寿算
天转阳和

梅兰其德
竹柏之怀

椿庭庆集
棣圃春浓

岁序春晖丽
芳时淑气和

三阳启泰
万象回春

松梅献寿
桃李迎春

萱庭昼永
兰室春深

花开香入户
月照影临轩

山川毓秀
松柏长春

河山载寿
天地同春

新承雨露
丕振家声

花径晴光暖
华堂瑞气浮

文章华国
道德传家

庭荣松柏
阶茂芝兰

八荒开寿域
六合启昌期

寿同山岳永
福共海天长

芝兰气味
湖海襟怀

胸襟似竹
气节如松

元鹤千年寿
苍松万古春

寿酒浮玉液
春晖映彩霞

竹苞松茂
桂馥兰馨

祥光北拱
紫气东来

户外春风暖
堂前午日长

闲吟歌竹石
微醉踏芳菲

竹无俗韵
梅有余香

载仁齐德
参地与天

户牖观天地
读书见古今

送寒余雪尽
迎岁早梅新

苍松随岁古
绿竹与年新

适意琴三弄
抒怀酒一杯

味是松风浣
神如梅雪清

佳气生朝夕
清言见古今

诗礼袭遗训
风云入壮怀

松竹秀而古
山泉清且闲

松梅有本性
山水含春晖

松柏老而健
芝兰清且香

松柏霜凝翠
芝兰露浥香

河山光正朔
天地庆阳春

承家多旧德
继世有新风

帘映天光远
堂开春色深

院静清霞入
松高老鹤归

庭养冲天鹤
花飞出谷莺

室雅何须大
花香不在多

室雅春风入
松高老鹤寻

室有山林乐
人同天地春

砌长延年草
堂开益寿花

神皋春浩荡
汉宇日光华

树德承鸿业
传经裕燕贻

树碧堂为玉
德高人是龙

举杯邀明月
立志生层云

春秋多吉日
山水有清音

春浮花气远
雨霁鸟声繁

春风辉德里
淑气霭华堂

秋露滋丹桂
春风醉碧桃

高堂瞻北极
春酒颂南山

高才谈白雪
逸翰上青云

高怀同霁月
雅量洽春风

海阔云连树
花香春满堂

盛世清平乐
新春满庭芳

堂上金萱茂
阶前玉树荣

惜花春起早
爱月夜眠迟

清风挺松柏
逸气上烟霞

清川含藻景
旭日耀阳春

悬知神似玉
常与鹤为邻

紫燕寻原主
阳春畅化机

椿萱欣共茂
玉树喜同芳

棠棣开双萼
琴书萃一堂

榕荫千家福
松高万木青

福同山岳永
寿共海天春

雅量含高远
清眸见古今

雪凝梅骨黛
春拂柳丝青

鹤发迎春健
斑衣爱日长

不役世俗之乐
唯谋我心所安

竹雨松风梧月
茶烟琴韵书声

有猷有为有守
希贤希圣希天

芝草满庭吐秀
杏花遍地生香

近智近仁近勇
立功立德立言

放怀于天地外
得气在山水间

庭院花香鸟语
楼台月满云开

居里恕里乃睦
治家严家斯和

序天伦之乐事
师圣人之遗书

柳摇春风白昼
梅弄月影黄昏

虚心莫过竹节
人品应如兰馨

得此新年朝气
争来古国雄风

铁石梅花气概
山川香草风流

海阔天高气象
风光月霁襟怀

游文章之林府
舞鸾凤之庭阶

窗外红梅最艳
心头美景尤佳

雅言诗书执礼
益友直谅多闻

澹怀风清月朗
雅量海阔天空

一门福寿春风霭
四季平安淑景新

一院有天春昼永
九霄无霾朗星稠

人间岁月闲难得
天下知交老更深

九天韶乐飘寒月
一曲清箫凌紫烟

万象回春沾雨露
五蝠捧寿灿烟霞

万里云霞瞻斗岳
八千福寿祝春秋

门趁新春添秀色
人逢盛世倍精神

大含真见春如海
积盛还瞻德有光

天上四时春为首
人间五福寿宜先

元鹤苍松双献寿
玉麟丹桂两呈祥

云间瑞气三千丈
堂上春风十二时

心地光明宜福寿
精神爽朗自康宁

心羡河阳春似锦
胸吞云梦气如虹

心境豁然天地远
春光明媚岁华新

气清更觉山川近
心静方知宇宙宽

五色凤毛新羽翼
百年龙马旧家声

五色花开春雨后
千峰奇出夏云中

日生萱草连云秀
风静兰芽带露浓

日耀紫微迎瑞气
天开黄道集嘉祥

凤有和声鸣盛世
鹤缘仙骨得长春

四世同堂春及第
三阳启泰喜临门

四面岚光对屏障
三春佳气霭门庭

冬依松柏春依柳
朝看烟云暮看霞

玉燕怀中先兆瑞
石麟天上早呈祥

玉堂映日开丹桂
金屋藏春醉碧桃

玉宇窗含千里绿
华堂庭树万年青

世间清品如兰极
贤者虚怀与竹同

世事每从宽处乐
人伦常在忍中全

芝兰入室香俱化
松竹当庭韵最清

芝兰自结门庭秀
松柏常留天地春

芝兰气味松筠操
龙马精神海鹤姿

礼乐百年承燕翼
诗书千载荷龙光

百尺楼台瞻紫气
三春花鸟醉东风

有情紫燕寻旧主
得意春风催百花

宅后树冲云外绿
庭前花向日边红

华堂日丽春风暖
琪树花开燕子飞

华屋生辉椿树暖
锦堂添福萱花香

如意草滋三径雨
吉祥花放四时春

老者寿同山岳久
高堂福共海天长

江湖万里开春色
花木四时沐曙光

花木一庭生寿色
图书万卷吐奇香

园栽桃李花争艳
室育芝兰叶竞芳

闲看秋水心无俗
坐对青松气自舒

沧海胸怀容万物
云山风度阅千秋

沧海六鳌瞻气象
青天一鹤见精神

青山夕照明双目
小院风清洽四邻

青松不老雪花暖
白鹤多情春意浓

宜候春光来小院
福星着意照高堂

帘开燕语春声脆
菊散风流晚节香

帘门香霭和风细
庭院春深化日长

非因宠辱花开落
无意去留云卷舒

佳气葱茏仁寿域
春光烂漫吉祥花

明月当窗云影淡
春风拂槛露华浓

明月清风开朗韵
高山流水发诗情

诗书琴画蔚家室
松竹梅兰浴岁华

松高不改青葱色
梅老仍霁馥郁香

松窗翠绕凌云久
兰畹香清得露多

香飘沃野云封径
翠掩高楼月近门

幸福堂前无限乐
长春花下有余香

居家自有天伦乐
处世唯存地步宽

欣会阳春福泽久
恭逢治世寿绵长

柏椒酒挹芝兰露
福寿花开锦绣春

室有芝兰春自韵
人如松柏岁长新

室有芝兰气味别
胸无城府路途宽

院内梅花迎岁始
庭前芳草贺春临

高敞轩窗迎海月
新栽花木待春风

度是春风常长物
心如清水不染尘

品如玉荷情操美
德似白杨风格高

品若梅花香在骨
人如秋水玉为神

庭前瑞发花如锦
门外春来鸟竞歌

庭前风竹有声画
槛外雪梅无字诗

庭中有竹春常在
天上无云月正圆

庭栽松竹凌霄节
室有芝兰满座香

庭院春风人意好
楼台红日晓窗明

庭草无人随意绿
梅花傲雪这般红

庭余花色邀文藻
座有兰香惬素心

春入华堂添喜色
花飞玉案有清香

春入门庭多秀色
瑞呈宇宙有光辉

春风堂上初来燕
细雨庭前新种花

春风拂槛温如玉
好日当窗贵似金

春风大雅能容物
秋水文章不染尘

春生门户花香久
祥发人文世泽长

春来堂上琴书润
花满阶前几席香

春归柳叶梅花上
人在兰香芝气中

春放百花晴献寿
云呈五彩晓开樽

春发南枝新栋宇
名高东里大门庭

春光解恋身将老
世味尝深兴不狂

春深喜看花千树
人寿浅斟酒一杯

修竹满庭浮翠色
芳枝绕径映春晖

胸中沧海波澜阔
眼底风云宇宙宽

珠树自绕千古色
笔花顿开四时春

珠树好栖千年鹤
玉花先发一枝梅

谁道暮年娱晚景
我携余热化春晖

家传礼义数千载
世继诗书几百年

流水当年怀往事
桃花依旧笑春风

堂上清风萱草绿
帘前春雨杏花红

堂开晓日光中好
人坐春风分外清

堂开丽日金莺啭
帘卷春风玉燕飞

清风皓月通身爽
绿竹红梅雅意幽

梅唤春光兰遣夏
菊呈秋色竹凌冬

梅欲开时多是雨
草才生处便成春

梅报新春春日丽
燕寻旧主主人欢

乾元启运三阳泰
斗柄回寅万户春

琅玕岁报平安竹
锦绣春开富贵花

惠风和畅昭春曲
晚景舒明壮夕阳

槛外晚霞添锦绣
花间朝露缀珠玑

瘦竹几竿清味永
寒梅半阁素风存

碧桃丹桂春秋节
翠竹苍松天地心

智水仁山拔秀气
尧天舜日植春风

智力生财流厚泽
德心造福树高风

瑶阶兰桂春风茂
玉砌椿萱雨露香

椿萱并茂荫华屋
龙凤双飞集翠筵

椿花萱萼联枝茂
桂子兰芽晓砌香

福禄寿三星共照
天地人一体同春

福驻门庭阖府福
春归小院满堂春

福享天伦托党福
辉生宅院发春辉

勤耕苦读家声远
积德培才世泽长

满座春光生画锦
一帘佳气霭庭帏

箕裘世泽耀奎壁
诗礼家声振玉堂

鹤发童颜天地寿
松风梅骨江海春

山间青松云中白鹤
天半明月座上春风

云现吉祥星明福寿
花开富贵竹报平安

云霭和光结为瑞彩
文章古艳披以新春

左图右史书香永代
绿水青山宇宙长春

岁月若流古今异趣
风云为室仰俯同怀

秋实春华学人所种
礼门义路君子之居

秋月春花许多佳处
高山流水别有知音

德沐春风名高金鼎
神凝秋水节映冰壶

夏鼎商彝云霞色泽
金枝玉叶雨露精神

霁月光风高人器度
春华秋实大块文章

清品犹兰虚怀若竹
澄襟似水朗抱凝冰

品峻山崇守廉冰洁
德涵玉润智美珠圆

碧座人来丰神俊逸
赤城霞举品格高标

慈孝友恭家庭礼乐
烟霞山水今古文章

露气春林月华秋水
晴阳媚景芳草远山

霭若芝兰无尘俗气
温如金玉有长者风

静气得兰清风引竹
朗怀映日和气当春

花好月常圆人民同寿
根深叶正茂天地长春

梅花点点笑迎丰稔岁
爆竹声声欢庆小康年

舜日尧天万民增福泽
和风甘雨四海沐春晖

瑞月初临阶前秀发长春树
祥云常护堂上红开不老花

兰桂联芳一种天香荣上苑
椿萱并茂十分春色丽华堂

梅柳迎春万里东风绽桃李
椿萱含笑一门和气乐桑榆

昊大胸襟旷览江天包罗海岳
试小经济长养花木位置鼎彝

淑气自迎人兰室生香盈岁月
卿云方入户槐庭祥瑞起图书

心地上无风波随遇皆山明水秀
性天中有化育触处见鱼跃鸢飞

数不尽春光门前绿树阶前玉树
看将来气象千里青云万里晴云

劳动门第春常在春回大地风光好
节俭人家福早来福降庭堂喜气浓

富贵福寿总难称意知足即为称意
山水竹梅无恒主人得闲便是主人

齿德并推尊月旦有评常留众口颂
斗山今安仰风流长住堪作后人师

立品如岩上松必历千百载风霜方可柱明堂大厦
俭身若璞中玉经磨数十番沙石乃堪琢宝玺画廊

客　房

一庭佳趣
满座高朋

友天下士
读古人书

半窗竹月
一榻琴书

梅香入室
春色侵帘

竹风留客饮
松月伴宾茶

佳韵邀清月
幽怀托素风

客来花入户
宾至燕掀帘

客来人有礼
窗净几无尘

客来宜对饮
人静好读书

客至春呼梦
诗成月助吟

座上客常满
杯中酒不空

留客风吹竹
吟诗月满堂

鹊喜远来客
梅香新到春

燕陪诗客语
萤照古人书

一庭明月和佳趣
满座春风会高朋

人间岁月闲难得
天下知交老更深

三径绿时人醉竹
百花红处客寻春

友如作画须求淡
文似看山不喜平

过户清风为益友
可庭明月是相知

旧书细读犹有味
佳客能来不费招

鸟过客庭多好语
花飞上座有清香

好月当楼唯尽盏
清言对客总如兰

好书不厌看还读
益友何妨去复来

好书悟后三更月
良友来时四座春

进门皆是明理客
晤面堪为清白人

客去茶香留舌本
睡余书味在胸中

爱客襟怀春满座
照人肝胆月盈庭

早春瑞日来小院
老友新朋聚一堂

春酒绿时留客品
夜鉴红处课儿书

莫放春秋佳日过
最难风雨友人来

花影忽摇知友至
竹梢微动觉春来

春风明月皆良友
鸟语花香最可人

得好友来如对月
有佳书读胜看花

丽日楼台春似海
清风杖履客如仙

屋槛虽低存远志
友人不少有奇才

窗前琴弄报春曲
屏上画悬迎客松

明月清风开朗韵
高山流水有知音

挥毫对客春如意
酌酒谈天月爽心

读书满座风云气
良友一堂富贵春

客来庭前竹犹翠
诗落座上兰更香

挥毫对客风生座
载酒论诗月满蓬

倾壶待客花开后
出竹吟诗月上初

居　室

一门清淑景
四海艳阳春

人寿春盈户
年丰喜到门

万千新气象
一望好家园

门庭安且吉
岁月锦添花

一代风流世
万年幸福家

人勤春报早
家睦福长生

万里春风绿
一枝梅萼红

门对千山秀
窗含万木春

一室芝兰气
三春杨柳风

八方盈正气
四野涌春潮

万里春光敷
千门瑞气新

门开天下景
楼览世间春

一帘山水画
四壁圣贤书

十分春气象
万户景澄明

万事皆如意
百花竞会春

门阑春色好
山水画图新

入帘新燕语
对面晓莺啼

三春花烂漫
四季草芬芳

万家腾笑语
四海舞升平

门外山河美
庭前草木新

人间新岁月
祖国好春光

千家歌盛世
四海庆丰年

门户含清景
轩窗度白云

门庭生喜气
杨柳泛春光

门通致富路
院绽报春花

日出千山秀
花开万户春

日暖花迎户
春来燕入帘

风行春意满
鸟唱福音来

风光四季好
花月一帘春

开门杨柳绿
入室蕙兰香

开门迎面喜
望眼畅心春

云拥门庭晓
春生梅柳新

气正山河壮
春明雨露浓

天开清淑景
人乐吉祥年

天地生阳气
门庭足春光

天地英雄气
门阑锦绣春

天开新气象
地荡旧风尘

四海春风洽
千年夏历长

四海播春色
九州报福音

东风化喜雨
壮志搏青云

立德齐今古
藏书教子孙

玉堂呈画锦
华屋蔼春晖

鸟语调新韵
花开展笑颜

鸟鸣千户喜
花绽满园春

鸟鸣春院静
花透竹帘香

百花遍地放
双燕对天歌

当门凝瑞霭
小院发春辉

有竹人不俗
无兰室自馨

华屋辉生壁
春山绿到门

阳春回大地
幸福满人间

江山千古秀
天地一家春

江山争润色
日月发春光

江山蓬勃气
梅柳馥馨春

江山披锦绣
人物倍风流

江山千载美
事业百般新

年好人增寿
日新福满门

旭辉红广宇
春色绿神州

红梅香院落
喜鹊唱枝头

红旗擎日月
妙手绣乾坤

花开香四季
家睦乐丰年

花开春气象
燕舞柳精神

花香迷粉蝶
柳色醉黄莺

身在和平地
人居幸福家

芳室芝兰茂
春风桃李新

帘前生紫气
阶下度春风

帘抖三冬雪
窗含万里春

青山飞鸟语
翠竹笑春风

国家行善政
民众庆新春

政善千家福
人和四季春

春在江山上
人居图画中

春风梳嫩柳
残雪透珠帘

春风来绣户
和气满花阑

春风添画意
岁月赋诗情

春色和云暖
梅花带雪香

春光回绿野
喜气畅青阳

春光腾四野
捷报漫九州

春光惜一刻
壮志凌九霄

桃李三春秀
芝兰四季香

瑞日高天启
春光大地生

太平矣新时代
康乐兮好家园

春报吉祥院
人逢幸福时

桃腮欣映日
柳眼笑迎春

瑞气当窗霭
春光映户新

丹凤朝阳起舞
蛟龙出海腾飞

春来门有福
花绽室凝香

倚栏吟夜月
卷幔挹春风

砌长延年草
堂开益寿花

芝竹沁人心脾
云涛壮我襟怀

春媚山川秀
德高福寿多

梅花开五福
燕子舞三春

新年浮正气
嫩柳舞春风

旭日横空出世
腊梅傲雪迎春

春晴梅伴柳
日暖燕呼莺

海阔云连树
花香春满堂

新天开景运
大地发春华

红杏阶前吐秀
芝兰室内生香

春信梅花报
福音喜鹊鸣

喜三星在户
庆五福临门

勤是摇钱树
俭为聚宝盆

幸福扎根此地
春光常驻其门

栋梁砥大厦
桃李芳九州

满门凝瑞霭
遍地蔚文明

碧兰洁为本
绿竹虚作心

花木映呈气象
人民振奋精神

室雅芝兰秀
春新杨柳青

福伴新春至
梅携瑞雪开

门畔小桥流水
胸中大业宏图

细雨无声润物
和风有意迎春

室内添春意
门前报福音

福气来心上
春光到眼前

日暖风调雨顺
家和人寿年丰

春满勤劳门第
喜盈幸福人家

祥光凝此屋
春色入重帘

暖日芳心吐
春风柳眼舒

日暖风清雨润
松苍竹翠梅红

铁石梅花气概
云山沧海襟怀

一元复始天增岁
万物生辉福满门

一曲笙歌春似海
千门灯火夜如年

一夜春风花万树
双飞紫燕柳千条

一片彩霞迎旭日
万条绿柳舞春风

一年好景随春至
百业宏图与日新

一展宏图百姓福
八方瑞气九州春

一代英豪逢盛世
三杯美酒颂华年

一年吉庆畅春意
百鸟争鸣传福音

一派春光除旧貌
万枝梅萼报新春

一轮日出山河丽
万里春归杨柳新

一室太和真富贵
满门春色美荣华

入室芝兰生气暖
凌云筠竹得天多

入座有情花胜景
当窗无恙柳摇春

九天寒气随冬去
大地暖流向日来

九州共乐人长寿
四海同春福永齐

十亿人民多壮志
九州大地起宏图

人世间光阴最贵
家庭内勤俭当先

人行正道家兴旺
党树新风国富强

人民江山千秋固
华夏风物万载春

人和政善千家福
国富民强四海春

人杰地灵门蕴瑞
物华天宝户迎春

三星拱照平安宅
五福骈临幸福家

三春淑气盈门室
万里祥光焕斗文

三春纳吉人无恙
万事呈祥岁有余

三春景象千般美
五好家庭百样新

大地逢春风物美
中华得志画图新

大江南北春风意
海峡东西明月心

小康光景九州靓
大富前程百姓登

千古江山增秀色
万家人面映桃花

千里河山铺锦绣
九天日日放光华

千树梅花迎旭日
万家锣鼓庆新春

万方同乐江山美
百业共荣气象新

万里河山期一统
九州花木庆长春

万里雪飘天降玉
一轮日出地生金

上苑梅开春九十
高堂桃熟岁三千

门外春光开淑景
窗前红杏发新枝

门边翠竹沾春露
院里红梅带月香

门前春色迎人笑
窗外梅花焕物华

门前梅萼映春色
室内琴声伴福音

门前紫燕迎春舞
院内红梅带雪开

门前绿水声声笑
屋后青山步步春

风带莺声穿曲巷
春移柳色映重帘

月色平分窗一角
春光半在树中间

心平始晓春光贵
气静方观淑景新

心无俗虑精神爽
室有清香智慧开

心田种德心常泰
福地安居福自多

天生瑞气普天玉
地焕春光遍地金

天朗柳摇风泛翠
春新梅放院生香

山色水光皆画意
花香鸟语俱诗情

水绿山青山水美
梅红雪白雪梅香

水流云静山河远
梅绽柳舒气象新

文明门第新春好
道德人家喜事多

文明社会家家乐
锦绣河山处处春

五风十雨升平世
万紫千红锦绣春

五湖四海俱春色
万紫千红浴德辉

四有英才能造福
八方捷报笑迎春

四海五湖歌大雅
千家万户乐小康

玉树摩云天尺五
蟠桃捧日岁三千

白雪红梅先兆瑞
碧桃绿柳早呈祥

白雪丹梅生妙景
红炉绿酒话丰年

白鹤青松欣献寿
黄莺翠柳喜迎春

芝兰自有沁心味
家室长兴俭朴风

芝兰香染门庭秀
梅柳色开天地春

世泽常推耕读好
家声最重德才高

东风骏马阳关道
春色朝晖富庶家

东来紫气南来燕
院有红梅室有兰

鸟语一声云外曲
梅香数点雪中花

百业兴隆人振奋
万民喜庆国繁荣

百业千行争贡献
五湖四海竞风流

百花争艳门阑秀
六合同春草木荣

自喜轩窗无俗韵
亦知草木有奇香

年来岁月何争异
春到竹梅各不同

年瑞人欢花解语
春新门喜鸟知音

岁月莫从闲里过
富裕须向俭中求

岁通盛世家家福
人遇华年代代欢

岁寒方显竹松茂
春暖始观杨柳青

迎春爆竹普天笑
献岁红梅满院香

红梅映雪新春丽
绿柳笼烟化日长

红梅吐艳春光美
丹凤朝阳淑景新

吉庆有余人有福
祥龄长久岁长春

吉祥草发德仁里
富贵花开勤俭家

江边杨柳迎春绿
室内芝兰扑面香

动地凯歌歌大有
漫天捷报报新春

阶展花姿春色俏
帘摇竹影惠风和

花气宜人春在座
曙光惬意燕掀帘

花动一村春袅娜
歌甜万户世升平

花灯美酒千门醉
爆竹桃符万户春

花香满院春风至
喜气盈门幸福来

花香鸟语春常在
人寿年丰福永留

花香入室春风霭
瑞气盈门淑景新

花能解语迎人笑
草不知名随意生

花满九州香四海
春荣万木秀千山

灿烂花灯光盛景
喧腾锣鼓庆丰年

我怀揽月凌云志
党指兴邦强国途

时雨点红桃万树
春风抹绿柳千条

细雨和风千树绿
碧桃艳李满园春

青山不语花含笑
绿水无声鸟作歌

和气春风智者座
静山流水乐人怀

和气自生君子室
春光先到吉人家

幸福须从勤处得
有余总自俭中来

金鸡一唱天生锦
玉燕双飞院又春

欣观大地千般锦
喜听长征一路歌

国风大雅舒民意
气象维新壮岁时

国颁善政英才众
民庆新春喜气多

祖国已臻长治世
人民咸庆小康春

美酒千杯辞旧岁
梅花万树报新春

春在绮窗梅妩媚
燕窥藻井雪消融

春江桃叶莺啼湿
夜雨梅花蝶梦寒

春至百花香满室
时来四季喜盈门

春至红梅香万树
岁更爆竹响千门

春回故里和风畅
民乐小康喜气融

春来也梅先得色
时至矣兰自生香

春放百花迎五福
云呈七彩耀千祥

春花烂漫香千里
瑞草葱茏寿万家

春色侵门飞紫燕
花香入室羡黄莺

春临玉树新枝发
日映华堂紫燕栖

春露含嫣泛紫气
山花吐蕊浴朝阳

春酒许留新岁醉
梅花不欠旧年诗

春盈瑞草名花上
人在卿云丽日中

柳探天晴风有色
梅开春早雪生香

柳含春意风前舞
梅带残香雪里开

屋后竹梅含瑞霭
门前桃李笑春风

室临春水幽怀朗
坐对贤人躁气无

院有梧桐枝挂月
室生兰草叶朝阳

院满春辉春满院
门盈喜气喜盈门
（回文）

树影横窗知月上
花香入室觉春来

桃李满坡春似锦
芝兰盈室座凝香

艳阳紫阁书香第
绿树红楼雅逸家

家居绿水青山畔
人在春风福气中

家庆祥和逢佳节
酒斟喜气祝新春

偶呼明月问千古
曾共梅花住一山

梅花欲点门前景
兰气先知室内春

梅知春到添佳气
鸟觉时来报好音

登梅鹊唱全家福
报晓鸡鸣大地春

清风明月来小院
爆竹梅花开大年

莺歌燕舞芳菲节
虎跃龙腾欢乐时

绿杨红杏描春色
紫燕黄鹂报好音

遍地春光新岁月
一天浩气会风云

遍地莺歌花似锦
漫天燕舞草如茵

淑气春风来小院
香兰翠竹到吾家

朝阳东起山河秀
紫燕南来天地春

窗含春色浓如许
我比梅花清几分

窗小也能观凤舞
檐低更易见鹏飞

喜雨三江新汛涨
春风五岭早梅香

喜逢盛世饮春酒
好趁良辰绘壮图

瑞雪晴岚春满屋
祥风和气柳生烟

福星照我有新意
春色宜人无俗情

福星高照全家福
春意盎然四座春

福气无边来小院
春光有脚到吾家

满室春光生画锦
一帘瑞气霭门庭

琅玕竹报千年绿
富贵花开一品红

数点梅花添雅兴
一声爆竹庆新春

献岁红梅香万里
迎春瑞雪舞千家

勤劳二字生财树
俭朴双言聚宝盆

碧天瑞霭千门晓
玉槛春香九陌晴

碧桃含笑探春色
瑞雪舞姿兆丰年

歌献年头来祝福
鹊登梅上喜迎春

歌飞山外鸟和韵
春到门前花吐香

栽花小试春风手
放鹤期闻碧落声

翠柳千条迎风舞
红梅万点报春图

嘉木逢春皆入画
好山无面不当窗

意树生春花四照
智珠出月影双清

檐前柳色尤其绿
窗下花枝分外香

瑞露新滋三秀草
祥云常护九如松

潮起东方迎旭日
雪飘北国兆丰年

卧室

有芝兰气
闻丝竹声

卧游五岳
坐拥百城

梅香入梦
竹景横窗

虚和静穆
洒脱逸然

开窗明月白
倚枕竹风清

睡床延皓月
入梦沐春风

物不求余随意足
事如能省即心清

风清杨柳梦
月淡海棠荫

风送兰馨凝座右
月摇竹影到窗前

春晓凝妆窥柳色
天寒同梦庆梅花

风暖日华丽
气澄天宇高

月移竹影横窗瘦
风送兰香入座清

梅窗引月形同瘦
纸帐迎风梦亦清

银瓶花解语
金枕玉生香

月侵一帘花影瘦
风摇半榻竹荫凉

窗前草色侵吟席
帘外花香入睡轩

溪声来枕上
月色落床前

园栽翠竹晨昏赏
壁画黄山坐卧游

读有益书精力旺
行无愧事梦魂安

书房

一窗金石气
满室墨花香

风云三尺剑
花鸟一床书

闲临王氏帖
醉读少陵诗

展十分春色
藏千古文章

文章千古事
花月一帘春

四壁诗书画
一身精气神

佳韵邀清月
雅怀托素风

笔墨随时代
文章鉴古今

文章清似玉
气节壮如松

四壁诗书画
三春桃李梅

雨过琴书润
春来翰墨香

泉清堪洗砚
山秀可藏书

文章如虎变
远志似鹏飞

兰香挟书味
燕语读文章

春风梳柳发
夜雨度书声

胸中悬霁月
笔底鼓春潮

书镜照千古
笔花开四时

鸟鸣雨后竹
书枕雪中梅

春云传笔势
花雨和书声

雪片飞书案
梅花落砚池

琴书千古意
花木四时春

墨花开古砚
春意入书房

未能一日寡过
恨不十年读书

夜月琴声书韵
春风鸟语花香

泼墨留香久
读书继世长

一室清风明月
千秋名绘法书

闲居足以养志
至乐莫如读书

挟风云于翰墨
罗经纬在心胸

笔架砚池辞海
诗花墨雨书林

文泉如流水出峡
心境似皓月当空

芝兰入室香俱化
书画当庭韵最清

墨海千帆竞发
书林万卉争芳

书成蕉叶文犹绿
吟到梅花句亦香

卷里有诗皆锦绣
人间无价是文章

一室尽收春日景
群书博览世云天

书从疑处翻成悟
文到穷时自有神

肝胆照人如雪色
诗文掷地作金声

一室图书自清洁
百家翰墨足风流

书不读汉唐以下
意常在山水之间

诗意犹含春风意
花香更带翰墨香

几上江湖书一卷
窗前灯火月三更

书囊应满三千卷
人品当居第一流

诗传画意王摩诘
船载书声米舍人

几番琢磨方成器
十载耕耘自见功

不尽波涛归学海
长春花木在书林

诗书千载经纶事
松竹四时潇洒心

小院春浓书韵雅
明窗风静墨花香

心中常贮千重志
笔底能开顷刻花

春雨夏云秋夜月
唐诗晋字汉文章

大千世界陈书架
千古风流列画廊

心清自得诗书味
室雅时闻翰墨香

笔海文河成墨浪
梅烟竹月获书声

千古文章书卷里
百花消息腊梅中

四壁墨花飞丽藻
一联佳句占阳春

笔砚常存无限乐
书斋独坐有心人

万卷古今消永日
一窗昏晓送流年

立品直须同白玉
读书何止到青云

宿雨暗滋书带草
春风先报墨池花

万卷藏书宜子弟
千章杞梓荫云天

红滴砚池花泻露
绿藏书柜树团云

寄怀楚水吴山外
得意唐诗晋字中

梅花照眼春光满
诗句开篇妙论高

雅斋翰墨溢香气
长廊芭蕉听雨声

藤根揉就充书架
蕉叶斜分作砚田

窗含春色墨生艳
笔吐真情诗出新

雅言不在诗文外
琴德原超丝竹间

翡翠笔架飞鸾凤
珊瑚砚池贮虬龙

琴弹绿绮横蕉影
帘卷青山读易时

愧无媚骨难谐俗
赖有痴心苦著书

山水幽深襟怀妙远
诗书夙好心气和平

座满春风书带翠
夜临霁月剑染青

博藏古今清香满
独爱雅静志趣高

为善读书足安乐法
栽花种竹生明妙心

逸情老我书千卷
春意可人梅一窗

勤者读书夜达旦
青藤绕屋墨连云

闭门自精开卷有益
垂露在手清风入怀

清新隽永诗书气
朴素天真翰墨情

墨海名流集翰苑
书林精品聚斋门

古鼎藏书百年相伴
名花美酒四季如春

深院尘稀书韵雅
明窗风静墨花香

墨池烟霭花间露
茗鼎香浮竹外云

别有会心非烟非月
忽开清兴宜画宜书

著书不向时流说
得句难为俗者知

墨花点笔浓云黑
瑶草入帘春雨香

潜学海读完古今中外
攀书山历尽春夏秋冬

盛世书风多浩气
晚年池墨大精神

墨宝笔花聚一榻
佳篇警句铭千秋

学贵有恒切莫半途而废
才须积累休忘一篑之功

闺　房

月映妆台晓
风延绣阁春

惜花春起早
爱月夜眠迟

芙蓉夜月开天镜
杨柳春风拥画图

对镜青鸾舞
当窗紫燕飞

绣屋藏金凤
香阑兆玉麟

明镜池开秋水净
古香烟断彩云归

画阁和风暖
深闺化日长

文辞真比丰年玉
气味欲同幽壑兰

珠帘夜卷邀明月
绣闼春深护彩云

春入翠帏花有色
风来绣阁玉生香

菱花光映纱窗晓
竹叶香浮绣户春

碧纱映月烹新茗
红袖添香读异书

厨　房

三餐滋味美
四季晓光新

饮食讲营养
烹调莫铺张

当家方晓油盐贵
吃饭不忘稼穑难

广筵留上客
丰膳出中厨

花香生美味
春色入庖厨

休说飧蔬无美味
须知菽粟有真香

火色映春色
梅香和菜香

庖厨悬五福
爆竹报三多

缸中既裕千年粟
厨内常有四季鲜

及时佐春酒
调味作和羹

辞旧烹腊味
迎新煮春香

清茶淡饭有真味
嫩笋鲜鱼庆大年

巧厨调美味
妙手绣春光

俭朴勤劳日
丰衣足食年

粒米皆从辛苦得
寸薪不是等闲来

岁推春作首
人以食为天

三餐适口家常饭
一岁开头喜庆筵

厨中妙手调美味
席上金盘散奇香

寻常无异味
鲜洁即家珍

五味调和称善饪
三餐适口算良厨

调匀五味承金鼎
掇拾群芳补太和

粒米寸薪当思来之不易
一粥一饭勿忘昔日维艰

后　门

太平居有后
安乐福无涯

光前昌礼乐
裕后有诗书

有备方无患
虽设却常关

云路前无限
德门后有余

光前增百福
裕后集千祥

前程期远大
后步自宽宏

退让疑无地
回环别有天

光前振起家声远
裕后留贻世泽长

柴门常闭人迹静
竹径乍忙夕阳斜

积德前程远
存仁后步宽

竹径有时风去扫
柴门无事日常关

前门欲大须存厚
后户从宽在积深

春节暨婚期联

四序春为首
终身婚作先

二姓联婚成大礼
百年偕老乐长春

佳男佳女成佳偶
大节大年贺大禧

花好月圆夜
称心如意人

入户春风圆月夜
盈门喜气好花时

春归大地迎新岁
喜到门庭贺大年

新婚吉庆日
双喜艳阳春

巧借新春迎淑女
妙将吉日做婚期

喜庆新春办喜事
佳逢吉日作佳期

紫燕衔春至
青鸾结伴来

花好月圆逢大喜
情深调合庆新春

爆竹声中迎淑女
迎春宴上贺新郎

燕尔新婚堪羡百年好合
大年吉日更祈五福骈臻

飞雪迎春还绿鲜红嫣浑喜事
新门纳吉好莺娇燕欢庆余欢

春节暨寿辰联

寿添沧海日
松祝小春天

红带雅宜华发
白醪光泛新春

室有芝兰春自韵
人如松柏岁长春

人老一身劲
花明满目春

福到寿星门第
春临德范人家

春羡老者瑶池瑞
笔书先生益寿经

幸福征寿考
大年享升平

行可楷模存大德
寿如松柏庆长春

令旦长绵欣有德
延年益寿乐无疆

寿考征宏福
文明享大年

心地光明宜福寿
精神爽朗自春秋

德似甘霖都润泽
寿如松柏是长春

春日融和欣祝寿
寿星光耀喜迎春

福禄寿三星共照
天地人六合同春

年抛造物甄陶外
春在先生杖履中

春放百花晴献寿
云呈五色晓开樽

海屋有筹多附鹤
春城无处不飞花

香山梅鹤绕清福
宅地神仙占大春

横　批

新春大吉	风光胜旧	举家欢乐	春风得意
岁序更新	福乐长春	德光呈辉	开拓进取
四季长春	民殷国富	百花献瑞	精准扶贫
春色宜人	春风化雨	丽日舒怀	全面小康
合家欢乐	欣欣向荣	万事如意	大业中兴
人寿年丰	神州春晓	春意盎然	大展宏图
香飘四季	福寿康宁	锐意改革	祖国长春
春满人间	满门春色	新春吉庆	风光无限
福寿无量	瑞气盈庭	物阜民康	振兴中华
喜气盈门	满院春风	人民幸福	奔向小康
春风绣宇	日新月异	四海皆春	江山春意
普天同庆	长发其祥	百业兴旺	走向未来
欢度新春	吉祥如意	如意新春	革故鼎新
家室长春	国泰民安	不忘初心	江山多娇

第三辑　公共机构春联

政　府

一年春作首
万事公当先

一心为百姓
四海庆三春

为公德乃大
无私品自高

奉公葆本色
廉政育新风

善政可资民富
廉风堪助国兴

一腔热血倾公务
两袖清风为人民

万众一心跟党走
三农四季荡春潮

日出神州张正气
春来华夏倡廉风

为民造福当公仆
替国分忧做主人

为民常办秉公事
报国永怀廉政心

世盛常怀报国志
政勤倍发献身情

身与中华齐奋进
心随祖国共腾飞

沐艳阳花香鸟语
施新政国泰民安

穷则思变富乡土
事而秉公为人民

国风大雅舒民意
岁月小康颂党恩

国施善政人人乐
党树新风处处春

政通事顺民康泰
俗淳风清国昌隆

党性严履风自正
民情顺治国永兴

党树新风扬正气
民谋大业绘宏图

党风端正万民顺
政绩赫然百业昌

福荫百姓方为德
花满九州才是春

德政仁声传万代
宏图伟业耀千秋

心在人民人民爱党
利归天下天下为公

无尚荣光归党归国
有情春色遍城遍乡

正党风万民歌大德
明国策九域乐小康

坚持社会主义方向
提倡实事求是作风

当国家主人披肝沥胆
做民众公仆竭力尽忠

国富民乐山河呈瑞气
政通人和日月耀春晖

当局堪清能肩天下事
审时度势深得众人心

怀公仆心为一方造福
做人民主替百姓分忧

克己奉公常对一帘秋水
先忧后乐笑迎万户春光

选贤任能欣看前程似锦
兴利除弊不忘重任在肩

公仆循公公事奉公秉公办
主人做主主张民主护主权

为政清廉党蔚新风树正气
办事公道民怀壮志绘宏图

同心决胜小康描乡村美景
努力建成大业弄时代新潮

改革大潮澎澎湃湃雄千里
新春美景秀秀明明动九州

改革革旧风风靡农林牧副
开放放异彩彩锦春夏秋冬

定国安邦依准则一身正气
奉公克己为人民两袖清风

政通人和还是人民政府好
国泰民乐终归社会主义强

文明启新猷惠被春嘘绿大地
安定昌国运晴烘阳煦丽中天

德政合民意万众同歌德政好
党恩泽国人举国齐颂党恩深

祖国好风光百鸟争鸣春似锦
中华多俊杰群英奋发志凌云

眼望风云展祖国宏图美似画
胸怀群众看人民利益重如山

改革结硕果硕果结满东西南北
开放绽鲜花鲜花开遍春夏秋冬

潜心改革鲲鹏展翅扶摇九万里
锐意创新龙马腾空回望五千年

靠党长存凝聚力添砖加瓦建高厦
爱民永葆清廉风克己奉公立大功

派　出　所

对敌逼寒气
为民送春风

清心明似镜
执法重如山

镇腐恶坚如铁
为人民和似春

气清风正民康乐
纪肃法严国太平

社会文明靠卫士
城乡安定赖法规

国法无情除霾气
东风有力扫残云

倡廉从严党风正
除恶务尽社会安

除暴安良尽职责
肃奸惩恶卫苍生

门外四时春和风甘雨
案头三尺法烈日严霜

替国分忧弘扬新风正气
为民除害横扫余孽残渣

扶善安良保障人民权利
惩凶除恶维护法制尊严

除暴安良卫士威风镇孽障
祛邪扶正新春瑞气遍城乡

心如明镜惩恶高扬三尺剑
情似和风爱民遍播九州春

法　庭

丹心昭日月
刚正炳春秋

律条堪有典
铁面更无私

烈日严霜三尺法
和风甘雨一庭春

断案有序扶正气
执法无私镇邪风

秉公办案事实是依据
视罪量刑法律为准绳

申明大义只认这个法字
刚正不阿但凭一点公心

量刑有准谁依你橡皮尺子
执法无私自有我铁面包公

铁面清风为革命秉公执法
严霜正气给人民做主撑腰

强如钢坚如磬无私无畏辨善恶
明似镜平似水不枉不纵判是非

胸怀准则一身豪气应写丹心谱
严守国法两袖清风高吟正气歌

税务所

不矜威益重
无私税自清

税务国家事
秉公镜月心

办税当怀正气
秉公应戒邪风

公事公办心无愧
不偏不倚税有章

两袖清风办税务
一心勤政为国家

按政策办税一尘不染
照规章理财两袖清风

为国家理税办事公平公道
给国家创收行权尽力尽心

照章收税增加办事透明度
依法理财强化工作责任心

农科所

农村新气象
科学美春天

科学无止境
农村有作为

多种经营通富路
广学科技接财神

农兴科技收五谷
商赖信息富八方

科技兴农堆金积玉
勤劳致富聚宝藏珠

春风入户农桑富
科技临门福寿长

科技为农业插上金翅膀
政策给乡亲吃了定心丸

科学春天随处好
人间美景逐时新

科技兴农正是一年春好处
勤劳致富殷期万里谷丰时

科学送来金银珠宝
勤劳喜得福寿康宁

科技扶贫小康扮靓新时代
全民创业幸福敲开大宅门

农机站

东风掀嫩绿
马达报新春

绿野千寻驰铁马
黄金万斛出犁铧

马达高吟春色赋
机声又唱丰收谣

骏马飞奔传千家喜讯
铁牛欢叫唱一路春歌

东风一夜千畴绿
铁马四蹄万顷春

碧野平畴喜驾铁牛犁沃土
蓝天万里笑看银燕播甘霖

农插金翅飞千里
机遇新春富万家

乡村飞跃改旧农具为新机具
技术革新勤小检修省大翻修

茧手抹山山变绿
铁牛耕地地生金

铁牛驰野肥田种玉漫舒绿海连天浪
马达鸣春翻叶散花腾起金秋丰稔年

气象站

气象手中握
风云眼底收

巧识风云变幻
明察天气阴晴

测风兼测雨
管地又管天

测雨观风事业
管天理地营生

晓天文先告诉刮风降雨
明地理早通知抗旱防洪

把握阴晴且看我耕云播雨
忽然雷电难逃咱火眼金睛

耕云播雨令老天为三农服务
保夏护秋要大地给百姓生财

排灌站

排水千条玉
灌田万亩金

绿水凭吞吐
青山任高低

水任调遣成福水
山由描绘得春山

江水吸高龙力猛
田禾灌饱鹊声欢

渠水长流幸福曲
青山高挂丰收图

百里江山一机锁住
万顷田亩全面铺开

修渠攀岭碧浪飞千里
引水上山银河落九天

吐玉喷银引来甘露水
描花织锦种好丰产田

流水弯弯胜似活龙游碧海
梯田叠叠恰如云路上青天

粮管站

谷乃国之宝
民以食为天

乃积乃仓歌大有
斯千斯万庆丰年

千囤满装丰收谷
万仓常储爱国粮

谷入仓当思粒粒皆辛苦
粮出库切记颗颗俱艰难

麦似黄金细心保管丰收果
米如白玉巧手珍藏幸福春

夏粮秋粮粮食丰收致富果
山笑水笑笑声绽放报春花

兽医院

青囊千古泽
红杏一林春

妙手医愈六畜病
红心装点万家春

兽畜病疾妙手去
风云明丽新春来

良种杂交六畜兴旺
银针妙手四季平安

接福迎春喜千家槽头兴旺
防疫治病养六畜农业丰收

一药一性岂能指鹿为马
百病百方焉敢以牛易羊

邮电所

邮寄千家信
电通万里春

电波万道传音讯
鸿雁双翅报好音

从此谈心有捷径
何须握手始言欢

春风劳驿使
芳信寄邮人

有客来鸿问消息
为君传雁报平安

梅寄春风劳绿使
葭怀秋水托鸿邮

一封书信连千里
万种情由寄八方

乡间且喜通行惯
镇外何愁寄书难

绿衣无暇时时飞笑语
银线有情日日荡春风

医院

门诊千人健
巡疗万户春

救死扶伤重医德
除疾治病送春风

白衣能送暖
妙手可回春

亦中亦西妙手除百病
送医送药热情走千家

快刃无声除疾患
仁心有术解病危

院门虽小三乡五里皆知晓
医德真高百病千疮尽消除

借来万国九州药
抢救呻吟痛苦人

白衣护士救死扶伤讲人道
赤脚医生废寝忘食尽全心

学校

一代栋梁木
满园桃李花

教育千秋业
接班一代人

万里春风陶美德
百年事业育新人

桃李吐芳蕊
教师效春蚕

一片丹心为祖国
满腔热血育英才

园丁辛苦一堂秀
桃李芬芳四海春

校园桃李年年艳
祖国栋梁节节高

春风和煦校园暖
细雨缠绵桃李香

德智体齐头并进
桃李梅竞艳争春

呕心沥血培桃李
施教因材育栋梁

春催桃李满天下
雨润栋梁遍九州

兴教育人百年大计
集资办学万众良谋

桃李争芳为祖国
春蚕献志育良才

满园桃李迎春艳
建国栋梁拔地高

心血育红校园花朵
东风吹绿祖国春苗

引万道清泉浇神州花朵
倾一腔热血铸人类灵魂

乐做园丁甘倾热血育桃李
为了祖国愿献丹心搭人梯

沥血呕心赢得满园春色
尽忠竭智育成一代英才

选贤任能座座校园添锦绣
尊师重教株株桃李竞芳菲

育人才献身忘我如蜡炬
传知识沥胆披肝似春蚕

默默无闻栽培桃李香大地
殷殷有志造就栋梁兴中华

掏尽红心忠诚教育事业
洒完热血培植国家栋梁

幼儿园

一代新天地
满园好未来

花朵向阳艳
幼儿拍手欢

春天花朵开新蕊
幸福儿童进乐园

宝宝康乐乐
贝贝喜欢欢

儿童园地百般好
祖国鲜花格外红

园丁心坎春光美
桃李枝头蓓蕾红

敬老院

人老有余热
寿高多雅情

老当益壮者
退而不休人

门栽桃李延春暖
眼望桑榆爱晚晴

莫道桑榆晚
笑迎松柏春

晚年逢盛世
夕照灿新春

夕照光明辉锦绣
菊香浓郁漫春秋

白发已然心不老
青春犹在志未衰

白发朱颜登上寿
丰衣足食享高龄

岁月无情凌白首
东风有意焕青春

江山含笑好图画
松柏逢春老精神

江山不老看松柏
岁月常新乐寿康

修竹胸怀宽且厚
苍松面目寿而康

莫道夕阳光太少
无穷余热力还多

燕舞莺歌春正好
菊花夕照晚更香

尊老敬贤人间暖
扶危济困时代新

欢度晚年生活津津有味
喜逢盛世余热熠熠争辉

白发爱春满门桃李香天下
丹心报国一片余辉灿夕阳

烈 军 属

门庭迎喜气
莺燕报功勋

芳名垂史册
勋业昭春光

热血洒疆土
荣光辉院庭

春风传捷报
锣鼓庆功臣

春归军属院
喜报功臣门

喜报英雄门第
春回军属人家

烈士万民尊敬
英名百世流芳

春满英雄门第
喜盈革命人家

万古英名垂史册
千秋勋业壮山河

四海共承烈士志
万民同怀英雄名

功重神州千古颂
名垂史册万年歌

功臣门第千秋美
烈士家庭万世芳

民族精神昭后代
英雄志气赶前人

光荣门第春光艳
烈士家庭草木香

光荣门第春风满
幸福人家喜气浓

光荣匾挂英雄第
胜利花开军属家

光荣门挂光荣匾
喜庆日飞喜庆歌

军属门庭春意满
英雄故土菜花香

军属门前凝福气
光荣匾上发春光

军属门前迎喜气
功臣脸上笑春风

军民共建文明寨
鱼水长依幸福泉

英雄门第三春景
军属人家一品红

英名万里传功业
浩气千秋壮国魂

战士军前传捷报
英雄故里庆丰年

春风常驻光荣户
燕子爱栖军属门

春意盎然来小院
英雄得志立新功

烈士芳名昭日月
英雄勋业铭春秋

春风早到英雄院
喜报频传战士家

烈士英名传百代
英雄业绩炳千秋

民拥军意比泰山重
鱼恋水情如东海深

横　批

春满乡镇	幸福无边	发展经济	兴教育人
全面小康	丰衣足食	锦上添花	尊重知识
百花献岁	祖国长春	红花向阳	拥军优属
除旧布新	宏图大展	百花齐放	军民一家
山清水秀	锦绣河山	改革开放	鱼水情深
人杰地灵	乡镇春晓	奔向小康	强国富民
人勤春早	万山红遍	桃李争春	经济腾飞
春满山乡	喜盈山乡	老当益壮	面向未来
气象万千	同心同德	乐享天伦	振兴乡村
梅开盛世	兴乡富民	共同致富	美德嘉风

第四辑　农村专用春联

村　委　会

一村山水秀
十里稻花香

八方盈正气
百业壮新春

人心思安定
山寨乐丰盈

人勤春意美
政好岁时丰

大地春光灿
人民幸福多

大德生春色
小康乐福门

为人民办事
给祖国争光

百姓乐丰稔
千门笑新春

红旗耀日月
妙手绣春秋

改革开新路
春风鼓大潮

良策催人富
阳春促岁新

高楼起大地
百姓乐新春

党恩春世界
法治玉乾坤

春色绿千里
党恩泽万民

春风拂杨柳
正气壮河山

春满山村路
花繁民主枝

喜逢无疆庆
欢度有余年

法肃民安国泰
政廉物阜年丰

祖国山明水秀
乡村人杰地灵

一代风流抒壮志
百年事业起宏图

一天曙色迎新岁
万户福音接早春

三春淑景盈山水
四美新风满院庭

千条嫩柳迎风舞
万朵葵花向阳开

万里春风抒壮志
百年美梦入宏图

万树喜逢春雨润
百花欣向艳阳开

大地春花香万里
宏图美景福千秋

日月奇辉光大地
人民伟业壮中华

文明风气宜千载
锦绣年华又一春

无边春色来天地
有脚福音到农村

为民造福公仆志
替国分忧主人心

四海五湖歌大治
千家万户乐小康

民主枝荣人喜庆
文明花艳国昌隆

民生有幸春光好
国运无边业绩新

百业兴隆国策好
万民致富党恩深

同心谱写丰收曲
众手浇开幸福花

改革欣同春日丽
宏图喜与物华新

别开生面新时代
大有奔头好前程

身无行秽洁如玉
心有大志贵似金

花承春露人长寿
民载党恩福满村

国家有道人民乐
天地无私事业荣

华夏子孙功盖世
炎黄儿女志超群

峥嵘岁月凯歌壮
灿烂年华伟业新

春驻乡村四季秀
国当盛世万民欢

爱民政策顺民意
强国蓝图蔚国风

高山流水山水美
盛世新春世春明

三春美景装点大地
四有新人振兴中华

山河秀丽流光溢彩
党政清廉强国富民

华夏文明千秋鼎盛
江山壮丽四海同春

国正芳年村图大业
时逢盛世民盼小康

耕云播雨丰收有望
梳柳润花春色无边

大地泛春光山青水绿
神州增秀色姹紫嫣红

百花争艳景物这般好
万象更新江山如此娇

英雄儿女常怀英雄志
锦绣河山再展锦绣图

舜日尧天万民增福泽
和风甘雨四海沐春晖

为子孙创业宏图惊日月
给祖国争光奇志壮河山

物阜民康改变一穷二白
风和日丽欣看万紫千红

万里新风绿映苍松红映日
满村瑞气莺啼翠柳燕啼春

冬去春来肥田沃土风光美
冰融雪化巷尾街头气象新

东海作杯新年共饮团圆酒
黄河为带盛世齐舞锦绣春

花红柳绿处处春风扬喜气
水笑山欢时时捷报动民心

花漫田园江山壮丽诗难赋
春盈大地祖国妖娆画不如

鱼跃鸢飞滚滚春潮盈四野
月圆花好溶溶喜气满千村

春雨沁心扉喜看心安国泰
和风润肺腑笑谈岁稔年丰

春到人间红雨随心翻作浪
花开垄上荒山着意尽成林

国富家富乡村富九州齐富
山新水新岁月新万象更新

千门迎旭日山川普照春光满
万众颂东山黎庶咸沾党泽深

万里蓝天凤舞龙飞春光无限
千村绿野人欢马叫胜景有余

党恩播福泽九州昌盛千家乐
国策赐祯祥百业兴隆万里春

科技兴农业林茂粮丰歌大有
文明建乡村气清风正庆新春

雨浇万树繁花给大地穿红着绿
燕舞千村爆竹向长天报捷迎新

农　　家

一元复始 万木逢春	三春放彩 五福生根	小康美景 大治神州	吉祥有喜 富贵长春
一元复始 四季皆春	三阳启泰 百卉昭苏	五风十雨 万紫千红	有耕必获 无地非春
一年有庆 五谷丰登	三阳启泰 五谷丰登	日新汉德 天福华民	合家幸福 四季平安
八方进宝 四面招财	山高水远 日暖春浓	风清日暖 人寿年丰	全家福气 满院春光
八方献瑞 四季呈祥	山河吐翠 稻谷飘香	水泛鸭绿 山叠螺青	红梅点点 春意融融
九天化日 大地回春	山清水秀 国富民强	长空溢彩 大地流金	江山永固 岁月长春
九州永泰 四海同春	千岩竞秀 百壑争春	丰收岁月 康乐人家	花红陌上 柳绿池边
人勤春早 林茂粮丰	千川归海 百卉向阳	四时吉庆 五谷丰登	香飘四季 春满九州
三春伊始 百废待兴	千枝吐艳 万物生辉	百花吐艳 万木争春	春宜景泰 人寿年丰
三春及第 五福临门	小康日美 大富民欢	地生百福 天耀三阳	咸歌大有 共庆新春

绿舒柳色
红发桃花

梅开盛世
雪映丰年

梅传春信
竹报福音

新春似锦
和气致祥

勤当致富
俭可生财

一门开暖日
百鸟唱新春

一院芝兰气
满门稻谷香

一畦春韭绿
十里稻花香

一肩担日月
双手绣山川

八方盈正气
四野荡春风

九州歌大治
万户乐小康

十亿心灵美
三春景色娇

人乐三春早
地肥五谷丰

三春来碧野
双燕入农家

三春花烂漫
四季草芬芳

土能生百福
地可纳千祥

山川新岁月
花鸟艳春光

门嵌山川秀
燕飞杨柳春

门前多喜气
院里满春光

门户开春景
江山入画图

门蕴无边福
人迎有庆年

日月开新纪
田园入画图

日丽山河秀
风和草木荣

日照九州暖
花香四季春

风吹兰气入
春逐鸟声来

风景年年好
江山处处春

开门闻喜讯
举步见春光

丰年飞瑞雪
淑景动春风

丰年天坠玉
盛世地生金

鸟语喧春早
花香笼院新

发家勤为本
致富俭当先

百花开陌野
五福降农家

百花呈福气
五谷庆丰年

百家门有吉
四季院呈祥

吉门沾泰早
仁里得春多

岁首启元意
年头泛春华

岁酒梅花酿
春衣燕子裁

光景年年好
桃符岁岁新

同奔幸福路
共享太平年

红梅香院落
绿柳舞春风

竹报全家福
梅开万木春

地暖花长发
天高鸟竞歌

华夏风雷荡
神州日月新

江山归一统
桃李艳三春

有山皆锦绣
无水不鱼虾

花木四时秀
田园满目春

花香笼小院
景妙蔚新春

花随春意放
福自党恩来

村景入图画
春光满门庭

村占福祥地
燕鸣杨柳春

芳室芝兰茂
新春桃李妍

芳草逢春绿
农家致富荣

青山绿水地
鸟语杏花天

春来香雪里
福在小康中

祥云承丽日
瑞雪化甘霖

雪铺富裕路
春叩吉祥门

青山拥旭日
碧水泛春潮

春来山水秀
稻熟野花香

笔绘丰收景
笙歌幸福年

雪映丰收景
梅开幸福春

杨柳掩门绿
云霞跃日红

春染千顷碧
花开万里红

桃红含喜雨
柳绿带春风

腊随一夜去
春逐五更来

国华光汉宇
春色点神州

春到农家乐
马腾大路长

绿柳含春意
碧桃吐诗情

喜百花竞放
庆五谷丰登

春庆全家福
花开四季香

春节映春日
福门承福天

艳阳辉大地
春色满农家

喜迎丰稔岁
欢庆小康年

春风荣草木
福气满门庭

春满千村笑
福临万户欢

党恩泽四海
政德润千家

瑞日祥云启
甘霖嘉禾多

春风传捷报
时雨润田园

室有山林乐
门含杨柳春

梅花香小院
燕子入农家

勤劳千载福
和睦一家春

春风暖四野
喜气盈千村

室透芝兰气
院飘稻谷香

梅花含福气
爆竹贺新年

德门增百福
盛世集千祥

春风新燕子
瑞气古梅花

轻烟芳草地
微雨杏花天

梅花迎雪笑
葵蕊向阳开

醴泉流福韵
甘露润丰年

春光开境界
喜气拥珠帘

祖国山川秀
农村气象新

笛弄红梅颂
莺啼绿柳春

一夜东风化雨
五更爆竹迎春

春光辉大地
瑞雪兆丰年

持家勤与俭
建国富而强

雪洁梅花俏
春归柳色新

土地生金献宝
农家接福呈祥

大地百花竞秀
新年五谷丰登

门上桃符献岁
家中幸福生根

万紫千红春色
五讲四美新风

广辟生财之道
大开致富之门

门敛千祥万福
户迎大吉新春

天佑太平岁月
地增丰稔粮棉

风气入春化雨
汗珠落地生金

田野春光真好
农家岁月更新

共喜春回大地
同歌福到农家

鸟语花香春意
鸢飞鱼跃风流

农户有余丰稔
社区长治久安

芳草逢春泛绿
梅花满院生香

海晏河清盛世
花香鸟语新春

祖国繁荣似锦
山村美丽如春

春种满田碧玉
秋收遍野黄金

恭贺新春入户
笑迎幸福满堂

一冬无雪天藏玉
四季有风地生金

一夜春风从右起
满门紫气自东来

一畦碧绿春风染
千岭火红旭日燃

一湾秀色垂杨柳
十里春风荡桃烟

一声爆竹穷去也
八路财源富来哉

一年生计勤商酌
无限春光任剪裁

一家欢笑春风暖
四季平安淑景新

一代愚公怀大志
万千英杰绘宏图

一勤天下无难事
五好家中有福音

九州春色来天地
百业宏图壮古今

九州同乐三阳泰
四海咸歌五福春

十亿愚公抒壮志
千秋伟业入蓝图

十分春色千山秀
一带炊烟万户新

人强马壮康平日
囤满仓流富裕年

人怀大志村怀秀
春满人间福满门

十里春风传喜讯
四时甘露润丰年

三春景象百花艳
四合门庭五谷香

三春锦绣迎新岁
五福家庭谢旧年

三杯美酒祝新岁
万里春风传福音

千山抹绿春光美
万木向阳气象新

千门画栋连云起
四季鲜花遍地开

千条杨柳随风绿
万户笑声祝岁丰

千红万紫描春色
异口同声颂党恩

千秋事业英雄志
万里山川日月光

万里江山万里锦
一重门户一重春

万家田野丰收景
九域山川锦绣图

万里云霞迎旭日
满园桃李艳新春

万里秋风菰米老
一川明月稻花香

万方锦绣江山好
一派繁荣事业兴

万木逢春随水绿
百花争艳向阳红

万树喜逢春雨润
百花欣向艳阳开

大庆丰年频酌酒
合欢农户喜迎春

大地有田皆富庶
人间无处不春风

大地皆春春不老
普天同庆庆长安

小院绿浮红乍露
长空霞染日初升

小院春归花吐艳
农家喜至鸟争鸣

乃积乃仓歌大有
斯千斯万庆丰年

土生碧玉勤劳动
地产黄金巧耕耘

土中自有黄金屋
世上绝无白活人

门含水秀山青景
户纳花香柳绿春

门外雄鸡啼晓日
檐前紫燕筑新巢

门呈五福福星照
户衍三春春色娇

门上桃符如意句
窗头剪纸吉祥花

山川聚秀呈新景
大地生辉映农家

山花烂漫逢春雨
岁月峥嵘鼓大潮

山外飞来布谷鸟
篱边荡起幸福歌

山向朝阳四面翠
水随人意八方流

山铺瑞雪无声画
水沐春风有韵诗

山沟长起摇钱树
茧手端来聚宝盆

天上云霞呈异彩
人间桃李吐奇香

天开美景春光好
人庆丰年节气和

天降甘霖滋四野
党施善政泽九州

长天气转千山绿
大地春回百草香

云灿春光花万树
雨滋秋色谷千仓

云霞跃日光天地
梅柳迎春到院庭

日临小院百花笑
春到农家五谷丰

日丽征程骏马跃
春回田野铁牛奔

日照山村生紫气
歌飞田野荡春风

日暖神州铺锦绣
燕寻旧主报平安

丹桂一枝明昼景
杏花十里映山庄

丹凤朝阳花似锦
金鸡报晓景如春

甘霖轻洒千村碧
丽日高悬万物荣

手挽青龙能播玉
汗浇沃野好生金

五谷丰登稼穑景
九州安定太平年

五风十雨丰收岁
万紫千红锦绣春

五岳青松凌白雪
三江绿水映红霞

五福骈臻新岁福
三春喜至满堂春

无边沃野翻金浪
一片碧波跃玉鳞

无边春色百花艳
有庆年头五谷丰

无限阳春回大地
几番瑞雪映丰年

无情岁月增中减
有庆年头复又来

无声瑞雪藏丰稔
有志愚公展壮猷

丰衣足食全家福
丽日和风百姓欢

丰收岁月新天地
喜庆年头美画图

丰收酒溢农家乐
富贵花开盛世春

丰收乐曲迎春节
致富人家谢党恩

风中柳浪溅莺羽
雪里梅姿招鹊歌

风清气淑山村好
景淑春明画图新

风抚嫩柳群山秀
雪点寒梅小院香

田野逢春春胜锦
鹊音报喜喜盈门

田野飞鸣布谷鸟
农家绽放迎春花

布谷声声传笑语
迎春簇簇绽清香

生财路上残冰化
致富源头活水来

四海五湖歌大治
千家万户乐小康

四海对歌歌盛世
九州联话话升平

四海升平同祝福
新年喜庆共迎春

民生有幸年年好
国运无疆日日新

民气昭苏村换貌
党风端正国增辉

民歌盛世诗千首
人祝丰年酒一杯

农家光景四时好
祖国山河万载春

农家春色年年好
祖国前程日日新

农家致富恩沾党
祖国图强福泽民

百花吐艳八方锦
五谷丰登四季春

百鸟和鸣农事乐
万山锦绣野诗吟

合家共敬一杯酒
百卉同迎四海春

合家幸福春辉暖
举国欢腾事业兴

全家和睦家声远
举国文明国祚昌

向阳门第年丰润
勤俭人家岁有余

向阳门第春来早
致富农家燕报先

岁月逢春人福寿
禾苗得雨谷丰收

岁回绿野晴窗暖
春放红梅小院香

岁岁平安人福寿
年年丰稔业兴隆

岁寒显出苍松劲
春暖方知绿柳新

红杏枝头春意闹
农家院里笑声稠

红梅初绽千山秀
紫燕巧裁万木春

红梅喜引三春至
爆竹频传五福来

红红绿绿家家树
白白青青处处烟

汗洒田间五谷秀
锄描土地万家春

地献粮棉山献宝
民增福寿国增强

地肥水美家乡好
鸟语花香气象新

地增产量人增寿
春到乡村福到家

地种菽粱心种德
家藏珠玉腹藏书

年丰人寿福音盛
水绿山青春景舒

阳回大地百花艳
春满农家四季新

夹岸晓烟杨柳绿
满园春色杏花红

有脚春风行大地
无声瑞雪兆丰年

芙蓉国里巨龙起
杨柳村中铁手摇

秀丽黄莺鸣暖树
辛劳紫燕啄新泥

闲观流水心无事
长揖丰年贵有余

花为青山添笑意
鸟朝农户报佳音

花开富贵春如意
竹报平安岁吉祥

花开香馨鸟知趣
党树正气民放心

花好月圆人有寿
山清水秀国无疆

花放三春香四野
门临五福乐千秋

时雨从新千里绿
春风送暖百花香

时和世泰春光艳
人寿年丰淑景新

青山不语花含笑
流水无声鸟作歌

青烟情系千门瑞
秾岚福引万户春

枝头喜鹊鸣新曲
雪里红梅报早春

枝繁叶茂丰收果
人寿家和幸福年

河边杨柳迎风绿
门上春联应岁红

雨润青山增秀色
春苏绿野换新容

雨滋大地层层绿
人庆新春步步高

金山银海丰收画
绿树红楼锦绣春

物阜年丰歌大有
龙腾虎跃庆新年

图景恢宏辉九域
风光绮丽秀三春

和气致祥勤致富
德行招福广招财

幸逢盛世民多福
喜庆新春户纳祥

昌期幸际祥和日
泰运频书吉庆年

律转新春创大业
民圆绮梦达小康

逢盛世河清海晏
庆丰年国泰民安

贺新年满门春色
庆丰稔合家幸福

草木滋荣春意满
农家幸福党恩深

东风送暖农家乐
政策归心大地春

茧花结出丰收果
汗水汇成幸福泉

香浮小院梅花放
福到农家喜鹊鸣

春光普照富强路
喜事遍临和睦家

春风暖发金钱树
喜雨浇开幸福花

春风送暖千山绿
科技兴农五谷丰

春风送暖花迎户
科技兴农福满门

春风掩映千门柳
夜雨催开万树花

春风摇绿千丝柳
细雨点黄五谷花

春回大地百花艳
雨过群山万树青

春回大地千山笑
福满山村百姓欢

春归小院花荫密
喜报农家笑语稠

春临大地百花艳
节庆山村万物新

春和草木四时秀
时泰田园五谷丰

春信千家传紫燕
山歌一曲动银锄

春润亩园凝翠色
福临门第蔼青烟

春绿千畴春处处
雨苏万物雨声声

春动生机龙起蛰
物宜时令鸟催耕

春滋修竹千丛绿
日暖桃花万簇红

春光深处农家好
杨柳岸边村舍新

春到农家添异彩
风吹田野吐清香

春到山寨铺锦绣
喜盈门庭庆祥和

春前有雨花开早
秋后无霜叶落迟

春雨知时滋万物
朝阳有意暖千家

春种满田皆碧玉
秋收遍野是黄金

春燕呢喃寻旧主
阳光灿烂照新春

春塘雨过波纹乱
花坞风回蝶翅香

柳挂千丝抚水绿
花开万朵映山红

柳摇日丽风增色
梅放春新雪吐香

家增财富人增寿
春满田园福满门

家富常存千石谷
德高珍惜一粒粮

家有余粮人有德
鸟迎旭日户迎春

家过大年喜庆日
春回小院艳阳天

家门喜贴大福字
富路同奔小康年

庭前落絮谁家柳
叶里新声此处莺

脱贫路上迎新岁
责任田头接早春

致富不依天降福
发家全靠党施恩

致富门前多援手
招财路上有贤才

唐花馈岁乐元日
美酒宴宾叙大年

借东风吹开桃李
蘸春色点缀江山

艳阳高照千山翠
惠政普施万户春

艳阳秋色丰收景
紫气春光锦绣图

桃花溪水绕村笑
柳叶春风遍地歌

桃李含苞迎紫燕
梧桐吐翠逗黄莺

梨花院落溶溶月
春水池塘淡淡风

绿柳舒眉观淑景
碧桃开口笑丰年

梅带春光开小院
燕携福气入农家

梅花五瓣报新岁
瑞雪六出兆稔年

梅放春前花似玉
菊开秋后色如金

雪映桃符春色艳
梅开庭院福音浓

雪中更显梅花俏
柳下方观春色新

雪铺旷野藏春色
雨润桑田着绿装

黄涛绿浪诗中画
金谷银棉锦上花

莺从柳下乘风去
燕在花前卷雨来

莺歌燕舞方初度
柳绿花红又一春

莺歌燕舞长春日
虎跃龙腾大治年

紫气催梅红胜锦
春风秀麦绿成云

紫燕来时芹叶小
黄莺啼处茶花开

紫燕衔泥寻旧主
红梅吐艳报新春

腊鼓催春绽梅柳
花灯映雪兆桑麻

惠风和畅千丛绿
春雨如酥四野香

寒雪点梅庭院暖
春风拂柳小村新

喜闻春信临门早
欢庆新年及第先

喜除夕三星在户
庆新春五福临门

喜看春日花千树
笑饮丰年酒一杯

喜报山村花入户
春回小院燕掀帘

喜观海树葱茏日
笑看山花烂漫时

喜鹊登枝枝吐艳
银锄落地地生金

锦绣风光来陌野
长春花木育农家

瑞气呈祥舒万物
财源有路富千家

瑞日祥云承盛世
和风福气载新春

瑞雪才铺黄土地
春风已到好人家

瑞霭曙光焕紫气
睦邻德里庆新春

福自党恩生万户
春随人意到千村

福到农家家有福
春归大地地回春

粮棉遍野千村富
桃李满园万象春

粮丰林茂描新景
柳绿桃红入壮图

稍闻吉语占农事
欲唱春歌对远山

新年犹喜农家乐
妙笔再描大地春

楼前翠鸟啼春韵
院里红梅吐瑞香

楼檐挑起云霞色
眼下尽收杨柳春

勤劳门第春先到
节俭农家福有余

满园春色桃花艳
遍野清风杨柳新

碧桃红杏山村景
暖日和风小院春

碧田万顷翻金浪
翠岱千峰爱绿装

碧浪千层春雨润
清风十里稻花香

稻花香送千家喜
捷报语传万户春

燕剪细裁陌上锦
秧针精绣雨中花

霞映蓝天腾旭日
柳随紫燕戏春风

爆竹鸣天张正气
梅花傲雪报新春

乡镇企业

乡间多好汉
镇里有能人

无穷生意赖乡土
有志农民是匠人

当代农民办企业
万千铁手绘蓝图

办企业为大业添砖加瓦
看农村奔小康跃马扬鞭

多种经营发展乡村企业
锐意改革打开富裕大门

乡村地刹时腾起乌龙铁马
山水间到处献来金树银盆

乡办镇办农村满目兴盛景
月盈年盈企业竞描致富图

林业

四旁皆绿化
五谷庆丰收

有山皆桃李
无地不桑榆

春风绿大地
鸟语闹山林

荒山成绿海
野壑荡春风

一片晓烟杨柳绿
满园春色桃花红

十年树木千秋业
一望江山万里春

大地有泉皆吐玉
荒山无处不成林

万顷松林盈紫气
满园硕果笑春风

百鸟鸣春迎旭日
千林披绿舞东风

竹林葱郁千山翠
树海苍茫万顷涛

林荫遮日堪避暑
花果满园可佐餐

造林造得千年福
布谷布来四季春

护林须觉造林苦
伐树当思栽树难

植树造林描锦绣
插青播翠蔚春秋

林木成荫无山不绿
沟渠结网有水皆清

植树造林山献宝
封山护土水流银

桃红梨白千年福
柳绿松青万载春

植树造林山添秀色
开渠兴堰水泛春潮

绿化神州姹紫嫣红春不老
香飘大地山欢水笑福常存

绿化神州山清水秀千秋美
平衡生态人杰地灵万里春

植树造林四野笑披翡翠绿
栽花种草千山尽染太阳红

树木又树人人才出于桃李
造林即造福福泽荫及子孙

茶　乡

香染茶乡路
绿封竹节门

春回茶岭路飘香
群山滴翠茶农富
万篓飘香笑语长

素雅为佳修竹绿
幽浓最妙玉兰香

绿满竹林山滴翠

牧　区

牧场春来早
马群暮跃迟

春日喝杯鲜牛奶
新年奏曲牧马歌

帐前雪酿丰收酒
马上鞭催幸福春

牧场春光好
槽头气象新

振兴牧业牧民乐
建设草原草地荣

数声风笛飘牛背
无限草原没马蹄

迎岁草原披绿
贺春马额标红

春到草原满眼绿
福临牧场合家欢

牧笛悠悠草原牛羊走
鞭花朵朵牧场骏马飞

神驹草上飞传千家喜讯
牧笛空中荡送一路春风

养　殖　业

牛似南山虎
马如北海龙

夜草能肥马
清溪可饮牛

槽头长兴旺
厩内永平安

牛羊并壮猪盈圈
鸡鸭成群鱼满塘

猪马牛羊六畜旺
鱼虾菱藕一池鲜

摇钱树上拴玉马
聚宝盆中卧金牛

有地皆春满山牛羊满山笑
无山不富遍地珠宝遍地歌

渔　乡

笙吹渔业乐
网织水乡春

几树斜阳晴晒网
一篷春月夜吹箫

顺风顺水顺人意
迎燕迎春迎喜期

渔歌随浪涌
水产与山齐

水上生涯鱼作伴
舟中乐趣月为邻

渔港春来风送暖
海湾冬尽水飘香

螺号催渔汛
春风顺白帆

白帆摇出东方日
银网收回南海潮

渔香醉倒千堆浪
螺号唤醒四海春

新春好织网
顺水可行舟

身在宝舟招财利
手执玉铁保平安

潮来海角千帆动
春到渔船万尾鲜

一江波浪一江笑
满载渔歌满载春

金钩抛处鱼千尾
银网撒时虾万筐

横　批

吉庆有余　六畜兴旺　槽头兴旺

岁稔年丰　奔向小康　春到牧区

林茂粮丰　幸福长在　鱼跃龙门

年胜一年　百业俱兴　扬帆迎春

招财进宝　植树造林　连年有余

绿化祖国　造福人民　渔乡春浓

四季飘香　人欢马叫　丰稔年华

第五辑　公司企业春联

人力资源

交流科技成果
开发人才资源

海阔任凭鱼跃
天高由着鹏飞

人才即是摇钱树
知识堪为聚宝盆

人尽其才物尽其用
武能兴国文能兴邦

科技是第一生产力
哲人乃国家栋梁材

改革腾腾无逍遥之处
人才济济有用武之时

尊重人才九州显生气
开发科技百业展壮图

尊科学可将知识化神力
重人才宜把精英做栋梁

人民奉献有多少重轻之别
社会分工无高低贵贱之差

资源供应

源泉取不尽
流水自来多

人与钢花同灿烂
心随铁水共奔流

千炉钢水汇成海
万丈高楼耸入云

乌金滚滚出煤海
白雪茫茫映矿山

矿山喜报报春早
煤海凯歌歌日新

春潮溢彩矿工乐
煤海生龙产量高

漫说他年作梁栋
且欣今日燮阴阳

来源大自然氏族
走进现代化家庭

但资火食家家旺
便是财源日日兴

贯气居然能引火
生光原不藉焚膏

源泉汩汩无穷尽
流水滔滔任取携

运输能源在此摄取
马达粮食由我供应

源出自山取用不竭
色清如水提炼乃精

开顷刻花光腾火树
博天公笑镜借丰隆

闪烁金光奇同天笑
玲珑玉照巧夺月辉

电夺蟾辉百工是赖
机开马达一息无停

取之不尽用之不竭
泉水无源瀑水无根

爆竹迎春矿山含画意
乌金焕彩煤海溢诗情

汩汩取来取携方便
涓涓不息应用无穷

钢花飞溅为九州织锦
汽笛长鸣替百业高歌

做铁人献身石油战线
学大庆描绘祖国宏图

钢花耀云彩给山河壮色
铁水腾火龙为祖国争春

开发能源甘做一名奉献者
供应电力乐为百业先行官

朝熔夕铸铸就红心赤胆
千锤百炼炼成铁骨钢筋

千百座钢炉要使神州除旧貌
亿万双铁臂敢教大地换新颜

炼钢炉前钢花与心花齐放
出铁槽内铁水同汗水共流

建筑装潢

木中多正直
板面最平匀

佳木由来堪作器
良工自古不遗材

现代装潢雅且美
流行色调洁而新

有材皆入选
适用乃为宜

入水和成三合土
兴工端赖一泥丸

点缀烟云千段锦
装潢书画万家春

频劳工匠巧
博得众人欢

光明铸出千秋鉴
冷气凝成一段冰

装潢居室用材好
美化宅庭工艺精

表章笺锦艳
梓托墨花鲜

水里竖身上大厦
泥中驻脚贯长虹

粉白涂朱一室雅
装灯饰彩百家新

蝶疑唐库出
燕认汉宫来

建筑大厦高华宅
留与后人久远居

环境静幽凭美化
庭堂高雅任装潢

以外岂无桢干品
此中大有栋梁材

顿看平地高楼起
忽送千峰紫翠来

组织橱箱工艺巧
高低床柜造型佳

松柏早储雕琢器
梗楠自具栋梁材

矗起摘星脚手架
建成揽月摩天楼

桌椅柜橱新式样
固坚光亮硬功夫

大匠搜求取材宏富
良工刨锯定价公平

得水而坚高楼林立
和泥为用大石天成

粉饰新家群工展技
装潢广厦万众欢颜

小料加工制成桌椅
大材选琢用作栋梁

双手盖成高楼大厦
两足踏遍地北天南

出品必精价廉物美
做工堪细外巧内坚

两磨一烧终成宝物
横梁立柱建筑通材

玉轴纵横观乎止矣
锦装铺叠表而出之

刮刨磨光成时代器
檀楠古色有明清风

春光无限放开千里目
大厦有阶更上一层楼

广厦入云大好江山添一景
华堂拔地小康岁月乐三春

交通运输

往来遵轨辙
出入在通衢

风掣电驰高速路
南来北往大篷车

电掣风驰驶行便利
通都大邑衔接往还

船中争日月
海上度春秋

人民铁路通四处
祖国资源利八方

送往迎来无言弗届
同轨并辙不失其驰

大好河山收眼底
满天云彩铺航程

万里路程同轨辙
九州脉络任驰骋

千里马行望尘莫及
一声虎啸逐电如飞

飞行力足追风去
乘坐心疑逐电行

循轨应时凭复线
风驰电掣越千山

四海五湖无站不到
九州万国有线可通

国际往来织彩带
民间友好架金桥

路途提速九州铁
轨辙直通万里程

送往迎来客车无阻
风驰电掣货运有方

男女老稚凭上下
东西南北任往还

万里乘风湖海阔
双轮破浪沧溟开

破浪乘风送君千里
浮家泛宅涉彼五湖

马达生风追日月
车轮展翅跨山河

夕阳桂楫寻诗客
远水兰桡浮酒仙

邀汽鼓轮大川利涉
乘风破浪壮志堪酬

平地四轮争逐电
洋场十里快超风

银翼行天拨开云雾
远航离地飞越九霄

锦缆牙樯烟波事业
兰桡桂楫湖海生涯

海运无忧万吨货物双轮载
缩程有术千里江陵一日还

邮政电信

远程递鸿雁
孚信格豚鱼

绿使远播千里讯
电波喜报万家春

喜讯从天降
佳音逐电来

无事纷纭驰羽驶檄
好凭线索递音传书

万里远牵乡国梦
一丝长系故人情

世界大千汇于分寸
方针双百信在开封

速于置邮道在迩
是亦为政书同文

邮传喜讯万里如咫尺
电报佳音九州若毗邻

消息瞬通九万里
往来无间一须臾

旖旎风光册中收万景
新奇珍宝案上列千枚

渭北天长吟远树
江南春早寄寒梅

鸿雁翩翩北国南疆报喜
银线缕缕西山东海知音

鸿雁迎春传喜讯
报章飞雪播文明

消息藉流通报道梅花无恙
平安劳传达莫教行素相思

梅寄春风劳驿使
葭怀秋水托鸿邮

电文莫问公私千里信音凭一线
号码纵分明密双方春意递片时

集天下胜水名山入块块之中斯诚新景
绘世间伟人学者于方方之内此亦大观

服装百货

云霞呈五色
锦绣展千重

云锦天仙织
霓裳巧妇裁

洁白疑飞雪
暖和若蕴春

抽绪能作布
挟纩可御寒

聚来千亩雪
贮得一天云

巧呈千样锦
装粉万家春

万物我皆备
千金利自充

出山志自远
有货奇可居

步月能飞舄
登云可代梯

嘉名称博士
大礼重高冠

坠絮堆云事业
催花降雪营生

电器五颜六色
视屏万紫千红

收进青春妙曲
录来时代强音

百货风行财政富
万商云集市声欢

两厢锦绣藏百货
满面春风暖万家

万国山川藏彩线
四时花鸟贮金针

凤吐丝纶成五彩
龙蟠锦绣灿千花

紫白红黄皆悦目
麻棉毛葛皆因时

欲知世上经纶美
试看机头纺织工

盛传白緤原为美
衣遍苍生是此花

云锦托出一轮月
时装拥来万朵花

肥瘦短长皆有度
细精表里是其能

开灯装就机关巧
通电还凭线索传

冶自金炉精炼百
贡来禹鼎品传三

电解双温箱体内
冰凝三尺片时间

空调妙术变冬夏
机运神功消暑寒

声光电器般般有
寒暑空调样样精

七事预存供客急
一般常备解君忧

罗列万端供日用
流通百货广财源

货无大小皆齐备
物纵零星不怕烦

供人家用天天足
乐我财源点点来

聚四面八方杂品
供千家万户需求

零零碎碎分南北
七七八八是东西

利擅官山开富术
货输都市聚财源

门迎朱履三千客
步赶鹏飞九万重

未必安行皆白足
可能平步上青云

脱帽无心惊露顶
请缨有路庆弹冠

百货供全任君挑选
一有不妥请您换调

美富文章云蒸霞蔚
经纶事业锦簇花团

寒往暑来功用适好
棉温葛软表里咸宜

明比堆霞自疑叠雪
温深挟纩寒解衣芦

春柳衣缝金针巧度
秋兰香纫翠佩多情

舍旧谋新稍劳意匠
裁长补短小费工夫

燕剪飞来敢夸手艺
鸳针度处别出心裁

为百姓经销五交化
以一心温暖万家春

有曲有灯声光并茂
为炉为扇寒暑咸宜

物配五行金当为首
名列三品铁寓其中

色绘丹青辉生金碧
情投胶漆工赖雕髹

荧屏悦目音响入耳
三包到家五金可心

款式新颖保君满意
名牌合格请您放心

三春常驻财源永茂
百货俱兴生意恒昌

不时之需取携甚便
凡物皆备价格无欺

货纵零星百挑不厌
物无大小一应俱全

近悦远来转运山货
马车竹挑惠利群商

涧果溪毛兼收并蓄
山珍木实纷至沓来

踵纳香尘登堂入室
履行大道步月凌云

缺料何难早已为君备货
御寒有具只须量体裁衣

掌握千丝织就中天美锦
胸罗万象绣成上苑奇葩

相貌堂堂请君莫忘着履
衣冠楚楚自宜配好足装

百货任流通客户何分南北
公司新发达财源连接东西

货好誉千家不愧诚中取利
楼高盈百尺专从微处便民

日落日升笑迎顾客添新貌
杂七杂八乐与新春比丰姿

商品齐全汇聚春夏秋冬景色
购销灵活笑迎东西南北财神

展千幅彩锦装点人间皆秀色
列万件时装打扮天下尽春姿

帽码自家选大小深浅须合意
式样由您挑棉单麻呢各随心

人凭服饰轻红妆素裹便精神奕奕
体须衣符若宽宜窄适即风度翩翩

粮油食品

宰杀非无故
牺牲亦有因

屠将学樊哙
宰可效陈平

谷乃国之宝
民以食为天

两歧歌乐岁
九穗兆丰年

味自重洋隽
珍尤列食多

李桃交谊笃
橘柚及时登

尝末皆适口
咽去自清心

青山沐雨露
闹市献清香

得熟皆堪食
虽生亦可餐

煮海能调鼎
和羹足养民

叶似黄金美
香生紫气飘

幽兰君子德
香草美人心

煮海宏勋同仰
经邦大业咸钦

月中采得吴郎桂
天上分来王母桃

山间走兽云中雁
天上飞禽海底鲜

斤两不失一刀准
肥瘦可匀千客夸

燕市高歌豪杰士
屠门大嚼建安才

好从宰割谋生意
不惜牺牲动杀机

生产五谷农无愧
供应三餐我有功

此箱此库五谷满
如泉如流百家盈

门内佳肴香不断
口中副食味无穷

风霜久挹得之秀
酸咸互用尽相宜

配成佳酿藏金瓮
制出香醪贮玉缸

调味常须相辅佐
烹羹每赖滴琼浆

一脔之尝百珍味
数柜所集四海香

半夜早潮声入梦
一江春水鸭先知

肘新好入鲭厨品
珍错来随鹢首风

陈列奇珍来海国
搜罗异味备天厨

沉李浮瓜添雅兴
望梅剥枣佐清谈

橘绿橙黄皆是品
藕丝菱角尽称珍

一年常有应时菜
四季不乏节令鲜

葱韭薤蒜滋味美
瓜茄豆菜养分多

品重盐梅调鼎鼐
赋资军国利民生

往来尽是甜言客
谈笑应无若口人

花映玉壶红影荡
月窥银瓮紫光浮

陈醋美酒迎风醉
精烹珍馐到口香

瓶中色映葡萄架
瓮里香浮竹叶青

个中滋味频尝取
纸上烟云任卷舒

顷刻间喷云吐雾
茶饭后伴笑偕言

停云积雪芝兰室
吸雾餐霞烟火仙

胜友光临多尝海味
高朋驾到任选山珍

铢两能均陈平宰肉
方寸不失韩子鼓刀

布置机关不劳韩子
安排砧俎奚待庖丁

宰天下有如此肉否
过屠门可供大嚼乎

交易信孚宁同缘木
小鲜供养无事寻罾

佳制登盘多色香味
奇珍满架有桃李梅

得意言辞甘如蜜酪
交心气味香似芝兰

酸甜甘辣咸味香千里
酱醋油盐茶情系万家

绿橘黄柑奇香可挹
交梨火枣仙品同珍

酒后茶余香闻兰蕙
风清月白味辨菰芭

色香味俱全食之不厌
桃李梅并蓄吃了再来

屑玉披沙品宜登鼎
熬波煮海味合调梅

鼻孔留香非含绿茗
胸襟解渴莫望青梅

粮好誉三江面精米白
油香飘四季品正色纯

舌上逢甘能消苦涩
口中津满快意提神

肉食赖加工异香可口
菜蔬喜罗列美味诱人

售粮油服务热情迎顾客
调余缺和谐春意满城乡

酒气冲天飞鸟闻香变凤
金樽落水游鱼得味成龙

嫩菜鲜瓜红黄青绿呈千态
佳蔬名果春夏秋冬供四时

利市便民肉蛋酱盐尽需要
因人调味酸甜苦辣悉周全

听凭拣瘦挑肥做到无争无悔
决不缺斤短两保证又正又公

独探龙宫借得水晶作糕饼
广搜蓬岛捧来珍味满杯盘

名果展销有水中沉李火中灼粟
新品应市备红的樱桃黄的香蕉

香瓜散郁红黄白绿般般好
嫩菜生津春夏秋冬季季鲜

广告信息

凭借新闻媒介
提高产品名声

才能伴信息施展
喜讯偕春风飞来

牧副农林通信息
东西南北聚财源

广而告之新潮色
名则高矣信息风

无边信息频频至
不尽财源滚滚来

信息灵通财源广进
人才喜至效益倍增

街头露面丹青力
巷尾传名翰墨功

投身改革春潮里
得益致富信息中

短信送来家中喜事
彩铃对讲陌上春天

广播里电视中为君服务
顾客间市场上有您芳名

耳听八方分析市场动态
眼观六路适应群众需求

时间就是金钱刻刻不能错过
信息即为财富行行必得灵通

投资理财

投资房产
造福人民

宁以千金入保险
岂能一日不防灾

沙里淘来金足赤
炉中炼出火纯青

春风除旧貌
房改有新招

鸟入吉林多福瑞
人臻寿域赖安全

轻重相权皆获利
方圆有制亦通神

小费君莫惜
后顾自无忧

有物皆可保无虞
是灾便能险化夷

商业机关凭币制
财源命脉系金融

天龙腾宝局
地马列金沟

投保得保释远虑
防险化险宜长安

事业兴隆多行保险
权衡利弊久享康平

生财有大道
信用得中孚

保而无患四时泰
化除为夷百姓安

出入经营风行一纸
往来交易日进千金

存小额钱币
做大块文章

保险逢凶能化吉
公司解难又排忧

正当交易望君交运
股票发售祝您发财

灵活经营房地产
大批引进舶来资

奉劝日前休惜费
管教事后保无灾

集少成多节约为本
化零为整储蓄当先

实施住房商品化
建成现代居民区

莫怨风云多不测
何愁水火太无情

辅佐商场生财有道
流通货币获利无涯

大灾之年未受苦
保险而后方知甜

四时恒满金银气
一室常凝珠宝光

源远流长百川汇海
斟今酌古玫府藏泉

平安无事多利国
一旦有灾可保家

白镪远招千里至
青蚨还认故人来

自古无先知多行保险
而今有保险我可救灾

千百万户户户皆是储户
七十二行行行不离银行

祝人寿以挽天心室家共庆
出水火而登衽席造化同功

储蓄有利利国利己利社会
存款方便便您便他便人民

家财虽万贯一旦遭灾贫如洗
保险仅数元十分安全稳似山

取于民用于民心系万民忧乐
功在国利在国事关一国长安

讲求经济效益高促进国家建设
注重信贷管理好加快货币流通

休闲娱乐

利用名胜地
开发旅游区

石火电光空有影
镜花水月总无痕

传播四海新文化
推广九州好图书

书林含馥郁
艺海汇英华

莫叹人情多闪烁
须知片面亦文章

远求海内珍藏本
快读当今畅销书

画山乡春色
歌祖国风流

戏坛荟萃群星灿
艺苑新春百卉娇

图文并茂益读者
书画同源扬国风

文心艺术地
化雨春风天

舞台万象吐娇艳
艺苑百花展美容

拍案惊奇牵肺腑
章回说岳评忠奸

开发一方胜景
招来四海嘉宾

春风得意百花放
艺苑增辉众鸟鸣

藏书楼上百花艳
借阅窗台四季春

文苑群芳斗艳
艺坛百鸟争春

春风送暖千丛绿
艺苑绽花百朵香

文彩画廊娱其内
化愚消遣乐之间

歌唱民间乐土
扶植艺苑新花

喜看艺苑群英会
笑指舞台满眼春

吹拉弹唱大趣味
书画琴棋小天堂

认认真真演戏
清清白白做人

文澜墨海娱其内
花愚消遣乐之间

一阵春风和上下
八弦乐曲颂古今

万水千山邀客至
五湖四海赏春来

与客笑言岁月事
尽人评说古今情

万众一心同颂世
百花齐放共争春

天然景色游人醉
古国春光异地香

书画诗歌颂大治
吹拉弹唱庆升平

万曲同歌新局面
百花齐放好春天

三春不少闲游客
一岁无多大戏场

世间人事皆如戏
台上戏文恰似真

声容笑貌均为戏
喜怒乐哀皆是情

欲知世上观台上
不识今人看古人

聊将往事为时事
且以今人作古人

寸寸光阴我宜惜此
空空色相入其鉴诸

幕上景观情文备至
镜中花月色相皆空

文艺宣传轻骑送戏
欢歌妙舞花鼓新排

入此站尽文宾雅客
迎新春无陋习旧风

大块文章百城富有
名山事业千古长留

无烟工厂金钱梅花落
有道财源旅游胜地开

欢迎读者至遨游学海
乐接勤人来攀越书山

风雅宜人新一时耳目
文章假我拓万古心胸

生旦净末丑几多角色
唐宋元明清数代传人

揽时代春光人民起舞
逢中华盛世广场放歌

求知识学海采珠累亦喜
追科学书山探宝苦也甜

改革歌声声声激励斗志
新编戏曲曲曲鼓舞人心

影视映播有声有色有益
歌舞表演多态多姿多情

艺术有生命在于真善美
舞台多光辉普悬日月星

文唱武打台上十分技艺
旧事新演戏中一片真情

居然谈古论今有甚说甚
任是扮文装武演谁像谁

水秀山奇天造景观迎贵客
桃红柳翠画般春色醉游人

春风扑面来眼观中华胜景
笑语连天至情送四海嘉宾

农民剧团演出农家好剧目
文化乐苑谱写文明新乐章

爱书读书书中自有新世界
择路攀路路上独领大风流

戏剧繁荣出出竞歌现代化
舞台活跃人人争颂艳阳春

习歌练舞活跃城乡文化生活
绘画赋诗陶冶民众艺术情操

说来古古今今问是哪朝史事
道出原原本本总需几月功夫

说说唱唱有些自己创编节目
喜喜欢欢活跃农村文化生活

演离合悲欢当代岂无前代事
观抑扬褒贬座中常有戏中人

叹时局变迁方信古今真乐府
看舞台旋转从知天地大梨园

虚迹谈实事莫闲看镜花水月
假象传真情须认就暮鼓晨钟

面具总非真借己证人由他做作
事情多不假居今鉴古要你思量

依松搭戏台唱出祖国振兴曲
靠党指富路奔向小康幸福春

知音者才许来莫到这地方睡觉
看戏的都好笑何须替古人担忧

乾坤大戏场请君再看戏中戏
俯仰皆身鉴对影休推身外身

弄假传真随地演来无非扬清激浊
移宫换羽自我听去都是教愚化贤

传九万里人情多少奇观廿四史
看五千年物色分明俗说十三经

银幕虽小能容下近水遥山今人古事
镜头不大可变幻奇歌妙舞喜调悲腔

采摘世间花卉将万里风雨天搬上银幕
剪裁天宇霞光把千秋兴衰事摄入镜头

医药公司

不惜千金价
唯推一体仁

人期勿药有喜
我自立心不欺

虽无刘阮逢仙术
只效岐黄济世心

艾早三年蓄
功堪百病除

世上本无不老术
人间岂有长生丹

扁鹊重生称妙手
华佗在世颂白衣

有药皆称妙
无丹不显灵

芝草带云拈去绿
橘泉和月掬来春

药以四时分表里
脉从六部辨浮沉

益寿延年药
救人济世方

花放杏林滋气血
药生兰室补肢身

欲向市中救妙药
须知海内有奇方

药圃无凡草
松窗有秘方

但愿世间人长寿
何惜架上药生尘

桃符两门降吉利
草药一剂保平安

架上丹丸长生妙药
壶中日月不老仙龄

金液银丸均是救人妙剂
灵枢玉版无非济世良方

一药一性岂能指鹿为马
百病百方焉能以牛易羊

枯井香流散作回春甘雨
鼎炉火暖烧成济世金丹

妙手慈心愿诸君健康无恙
颐年长寿不期我医药有方

天下药治天下病无病不能治
世间人除世间灾有灾便可除

南参北芪匣内丸散延年益寿
藏花川贝架上膏丹返老还童

集千方走千家保男女老稚康健
采百草除百病使春秋冬夏安宁

市场商贩

小店兴隆业
新春幸福人

小本钱生意
长流水财源

元亨占得利
和蔼自生春

长春融德泽
余庆衍商行

小店吉星照
新春财气浓

货优门若市
心正客常来

别店陈百货
此门独一家

莫道店门小
且看生意兴

禹贡推三品
季诺重千金

浓淡随人化
芬芳入面妆

雪花资润泽
香水溢芬芳

蝶粉香迷白
燕脂色润红

多财原善贾
集腋便成裘

伐毛原皎洁
集腋尽珍奇

雪飞凝鹤毳
风顺织羊毛

匠心能独运
著手即成春

有梅皆招鹊
无木不来禽

语传鹦鹉架
词谱鹧鸪天

乘时堪博古
入世亦居奇

自产自销买卖
得心得手财源

好鸟枝头朋友
落花水面文章

设点摆摊生意好
购来销往财源长

门迎晓日财源广
店纳春风吉庆多

公开交易财源广
合法经营利路长

生意如同春意满
财源更比水源长

财源茂盛凭周转
生意兴隆靠竞争

财如晓日腾云起
利似春潮带雨来

热情服务雪中炭
灵活经营锦上花

灵活经营买卖顺
科学管理购销通

货有高低三等价
客无远近一般亲

满园春色迎人笑
一店风光任客拈

改良形式非皮相
尚武精神在革新

蔚豹其文炳虎其质
千狐之腋五羊之皮

四时恒满金银器
一室常凝珠宝光

仙禽可以乐晨夕
凡鸟不敢言文章

暑去寒来这厢有暖
裘轻革细表里适宜

巧制珍珠龙似舞
精装翡翠蝶如飞

一窥篆隶知秦汉
半向尘埃拾宝珍

香堇结香紫珠含笑
木医啄木灵雀画眉

金柳若摇莺欲语
银花如绽蝶疑飞

三代鼎彝昭日月
一堂字画灿云霞

凤凰来仪和声鸣世
燕雀作市宜籁嬉春

指戴一轮明月满
耳垂两朵彩霞飞

剪纸团纱小智慧
肖形象物巧心思

金石图画前人所尚
陆离斑驳古气盎然

香送春风令我醉
粉添花气袭人来

本小利微恕难挂账
货真价实敬请放心

夏鼎商彝流传千古
秦砖汉瓦罗列一堂

晶瓶香滴黄金露
粉匳膏涂白玉霜

翡翠金钗娇添鸦髻
鸳鸯宝钿艳助凤鬟

夏鼎汤盘陈列满座
隋珠汉璧价值连城

工织成裘宜集腋
文同制锦莫求疵

粉琢红妆丰肌生色
香飘绿野丽质增芳

进门来保您百挑如意
出店去祝君一路平安

于橐于囊皆从革
为箱为箧亦主皮

蝶粉迷香栩栩入梦
燕脂润色洒洒欲仙

顾客是财神神来四海
生意重信誉誉满九州

外乡客本地人都称顾主
个体摊国营店皆满春风

设点摆摊甘为个体经营户
走街串巷要做市场活跃人

异草奇花增添万千春色
幽兰雅菊点缀一片市容

集市贸易

小市风云合
仙都日月开

公道由来评物价
春风到处解人颐

你无我有通无有
乡需镇求供需求

东西看好如春意
老少无欺似月明

集间巧理千家事
市井温暖百姓心

集市繁荣财源旺
买卖公道物价平

南北货任你挑选
工农渠凭我沟通

集中大有经济学
市场当存道德经

质利以平八方共信
市尘所会百货之源

集市贸易调配城乡余缺
摆摊设点满足社会需求

门路开东西南北头头是道
经济活春夏秋冬季季丰收

行商北达南通百般如意
坐贾东成西就万事称心

物资交流打通大众富裕路
集市贸易架起小康幸福桥

八达四通南来北往财源广
五光十色柳绿桃红春意浓

店门春意喜迎柳色添新绿
货物喜人乐为桃花斗艳红

餐饮饭店

入夜餐方就
悬灯市更忙

雅胜消闲棋一局
还宜夜饮酒三杯

美酒饮来微醉后
好花看到半开时

闻香且止步
知味暂停车

饭热菜香春满店
窗明几净客如云

酒闻十里春无价
醉买三杯梦亦香

店好千家赞
坛开十里香

胜友常临修食谱
高朋雅会备山珍

酌来竹叶凝杯绿
饮罢桃花上脸红

买酒取秋春几许
消闲休问夜如何

路旁小店最顺路
家常便饭如到家

陈酿美酒迎风醉
精烹珍馐到口香

开宴正良宵岭南风味
围炉同小酌塞北生涯

有名店店有名名扬四海
迎客楼楼迎客客满一堂

第六辑　干支春联

甲　子

岁新绵甲子
德厚富春秋

甲子迎春多瑞霭
文明建国遍春风

甲第连云欣发展
子年遍地祝丰收

雪花献瑞玉龙鳞甲飞大地
绿酒添欢华夏赤子庆新春

甲莩杨柳春光暖
子结梅花岁序新

甲子纪天元大地春光欣满目
唐虞歌复旦一年好景喜从头

乙　丑

乙藜光照夜
丑腊暖回春

乙鸟降祥征莩乳
丑牛启运服耕耘

乙黎朗照芳草地
丑座欢呼丰收年

乙鸟祥呈欣逢盛世
丑牛春启预祝丰年

丙　寅

日曜明照丙
夏正建参寅

乾元启运三阳泰
斗丙回寅万户春

丙部琳琅春馥郁
寅宾璀璨日光华

丙穴鱼生人间改岁
寅方斗指天下皆春

丙穴鱼游春献瑞
寅阶虎拜乐扬庥

丙曜照临春台日暖
寅宾平秩旸谷风和

丙鼎焚香腾瑞气
寅赛出日应春风

丁　卯

丁逢泰运
卯集春门

丁帘延旭日
卯户启熙春

丁帘卷雨饶春意
卯酒盈杯乐岁华

丁字沽头春水暖
卯门桥畔绿阴浓

丁水溪长双流入画
卯门春盎四野催耕

丁香悬玉树小果金黄生宝气
卯兔出蟾宫长毛雪白放银光

戊　辰

戊茂资万物
辰良庆千门

戊运顺时能茂物
辰年纳福得嘉祥

戊鼎纪年永锡厥福
辰枢拱极长发其祥

己　巳

辞戊辰龙吟福气
迎己巳蛇舞春光

蛇头起舞迎己巳
龙尾腾飞别戊辰

戊辰传捷龙辞旧
己巳报春蛇庆新

己唯能克人心净
巳以上名天气新

己腹无私真磊落
巳年有幸自峥嵘

己能及人忠恕有道
巳得成物气象维新

庚　午

庚邮春信递
午院惠风和

庚晨日暖长青树
午时院开次第花

庚星麟绂毓人瑞
午夜鸡声报晓春

彩焕长庚明星有灿
时当卓午昼日方中

辛　未

辛盘献岁
未祚凝釐

辛夷花蕃迎春意
未易才成济世功

辛椒式颂风光丽
未艾方兴气象新

壬　申

壬林曾献瑞
申浦尽迎春

壬岁泛舟游赤壁
申江寄寓乐康衢

癸　酉

癸尊留旧酿
酉穴有奇书

癸蕴新岁千家福
酉放阳春万树花

甲　戌

甲坼茂万物
戌盛成余阳

甲第张灯纳吉庆
戌时结彩乐有余

甲帐丹楹瞻壮彩
戌年赤壁纪清游

甲第比邻绿杨春共
戌年作赋赤壁秋高

甲第云连朱门焕彩
戌年月朗赤壁纪游

乙　亥

乙舟莲瓣隐
亥算柏龄长

乙延昌运兴大业
亥报新春乐神州

乙祥长发征玄鸟
亥算永年纪绛人

乙夜观书光分藜杖
亥年纪算福衍箕畴

丙　子

丙曜临大地
子山赋小园

丙辉觇瑞应
子庶庆丰登

丙名光世德
子夜奏凯旋

丙穴嘉鱼知夏令
子规小鸟啭春声

丙曜重离挥赤色
子声协律纪黄钟

丙曜照临春台迎旭
子行蔚起夏屋连云

丁　丑

丁年舒壮志
丑律占新春

丁帘春日永
丑纽历方新

白丁有志须求学
黑丑逢春尚着花

丁香结子绸缪意
丑纽回春岁序新

丁喜成年绰有暇日
丑怀修禊犹存古风

丁字垂帘花香春暖
丑年修禊天朗气清

戊　寅

戊茂滋万物
寅演永三春

戊育群生逢夏令
寅宾首序纪春时

戊社燕来春送暖
寅阶虎拜乐扬庥

己　卯

己过必自改
卯饮亦复佳

己背文成辉绣锦
卯门春启景繁华

己意推人能近而譬
卯门启瑞得春之和

庚　辰

庚伏天炎思夏屋
辰居日暖乐春台

庚日多晴游子乐
辰星常曜太平年

庚星预祝初三夜
辰律能生十二时

光耀东方庚星孕李
春回南亩辰日种瓜

辛　巳

辛夷花放
巳日春归

辛盘献椒颂
巳帖拓兰亭

辛盘献瑞延新祉
巳斧成文读左书

辛夷木笔春花放
巳芍兰亭禊事修

辛盘献颂歌元旦
巳日赋诗宴曲江

壬　午

壬林献颂
午院迎春

壬日歌诗须纵酒
午风延爽共披襟

壬岁泛舟秋月朗
午时匝地夏云多

壬林春暖椒花颂
午院风和槐荫清

癸　未

癸年游览群贤集
未雨绸缪古圣勤

癸岁永和晋碑刻序
未央长乐汉瓦留文

癸为昭阳岁星属白
未能免俗元旦书红

甲　申

甲门瞻接近
申戌乐还归

甲第云屯鳞比接
申天日暇燕居如

甲拆逢春有生意
申韩尚法自成家

甲兵奏凯天河洗
申甫降神嵩岳灵

乙　酉

乙思抽妙绪
酉熟庆丰年

乙舟泛水飘莲瓣
酉穴探山贮竹书

丙　戌

丙晖光普照
戌土物滋生

丙曜呈文青阳春暖
戌年作赋赤壁风高

丙鼎镌铭永宝用
戌年作赋两清游

丙吉问牛名传汉相
戌秋唳鹤赋作坡仙

丁　亥

丁帘花影
亥算椿年

壮士丁年高搏鹏翼
老人亥算长享鹤龄

丁香结子千祥百禄
亥算凝年二首六身

戊　子

戊茂长万物
子孳启三春

戊日东村喧社鼓
子云西蜀有园亭

戊茂蕃庶物
子孙乐丰年

戊鼎纪年商代器
子陵垂钓富春江

戊维吉日攻车同马
子亦良辰吐绂育麟

己　丑

己身如正鹄
丑岁应春牛

过改己身推夏禹
喜从丑角上春台

己躬厚责功修密
丑腊回春气象新

己运屠维文稽尔雅
丑年修禊事纪永和

庚　寅

庚觚献寿
寅饯回春

庚日拜经朝乾夕惕
寅宾平秩世泰时和

庚宿长天降
寅春大地回

辛　卯

辛盘献新岁
卯酒沽早春

辛夷一树花争放
卯饮三杯酒自斟

辛盘献瑞迎新岁
卯酒生香祝大年

壬　辰

壬寅元纪西凉国
辰牡诗赓孔硕时

壬三探腹精风鉴
辰五抚时仰日华

癸　巳

癸尊锦福
巳禊迎祥

癸方居北五行水
巳号为元三月春

癸父鼎铭商篆字
巳春禊事晋清谈

甲 午

甲编分首卷
午日丽中天

甲第迎祥至
午风送暖来

乙 未

乙藜常朗照
未艾又方兴

乙照良宵为燃藜杖
未通芳讯且问梅花

乙近杏花袍现紫
未匀柳色绶拖黄

丙 申

丙尾探鱼穴
申天乐燕居

丙穴呈祥嘉鱼南有
申公高隐驷马东来

丙穴嘉鱼初入馔
申滨乳燕乍来酒

丁 酉

丁帘春昼永
酉穴古书多

丁香瓶里花开早
酉熟田间稼纳丰

丁卯桥边春水活
酉山穴里古书香

戊 戌

戊日歌维吉
戌土成其阳

戊春人饮社
戌日客登山

戊日嬉春新燕来社
戌年作赋孤鹤横江

戊育群生咸知春永
戌登万物共庆秋成

己　亥

己有长风万里志
亥为二首六身形

己过频称有善必让
亥年纪算俾寿而康

庚　子

庚邮递春信
子庶乐丰年

竹报梅开庚邮送喜
兰馨桂馥子舍承欢

辛　丑

辛夷花放
丑腊春回

辛盘乍献椒花颂
丑腊初回爆竹声

得辛占岁熟
建丑觉春迟

壬　寅

壬林介寿
寅谷延春

壬岁泛舟秋夜乐
寅春协律夏时行

壬焕紫气千百丈
寅昭春风十二时

壬年作赋清游记
寅日迎春平秩书

癸　卯

癸年葵向日
卯岁柳成阴

癸鼎凝鳌同夏铸
卯门纳福受春风

癸岁兰亭曾作序
卯时柏酒共衔杯

癸鼎摹铭宝物识古
卯门启瑞和神当春

甲　辰

甲令谨遵阳历始
辰猷远播惠风和

大地回春开孚坼甲
普天同庆吉日良辰

乙　巳

乙藜光照分天禄
巳芍诗歌配地支

献岁延禧太乙五福
及时修禊上巳三春

丙　午

丙鱼献瑞
午鸟嬉春

丙穴鱼鳞牵荇水
午庭猫眼正花阴

丁　未

丁为柔日应研史
未得乘时且读书

丁逢盛世无非福
未到晓钟犹是春

戊　申

戊茂多福
申锡无疆

戊育田园春华秋实
申生嵩岳人杰地灵

戊歌占吉午
申守拟同庚

己　酉

己勤无俭岁
酉熟屡丰年

己推及人一心忠恕
酉熟今岁四野丰盈

庚　戌

庚觚献颂
戌阉韬光

庚星名太白
戌宿正昏黄

庚日拜经青年励志
戌秋作赋赤壁纪游

辛　亥

辛夷春献瑞
亥既夜悬珠

辛新物幸逢春早
亥仲时生太泰初

辛运重光歌复汉
亥年元旦贺新春

辛盘献颂迎新岁
亥鲁刊讹读古书

壬　子

壬林添喜气
子夜送佳音

壬林锡嘏宾延乐
子弟攻书世泽长

壬符六道佩之吉
子舍双亲乐有余

癸　丑

癸呼声早息
丑建斗初回

癸年修禊事
丑岁转春阳

癸年葵日诚心向
丑岁兰亭禊事修

癸父鼎铭横戈作篆
丑年觞咏曲水留春

甲　寅

甲坼长万物
寅演永三春

飞者有翼介者有甲
年计在春日计在寅

甲第连云名高北斗
寅宾出日春迓东郊

乙　卯

乙丝抽万绪
卯门启三春

乙杖夜燃三更校读
卯门春盎四野催耕

乙泛红莲坐
卯催绿野耕

丙　辰

丙穴观鱼跃
辰岁卜龙飞

丙魏大名著西汉
辰韩古国在东方

丁　巳

添丁延寿称心过
上巳清明转眼来

丁字垂帘花香春暖
巳日修禊天朗气清

戊　午

风和戊燕至
日暖午鸡鸣

戊日迎春社中鸣鼓
午风送暖林下弹琴

戊日燕知春未老
午晴莺语昼初长

己　未

己过勿惮改
未然当先思

己最不谙惟世务
未能免俗亦人情

己出文章堪宝贵
未来岁月正绵长

庚　申

庚邮春递送
申戌乐还归

庚呼太息岁其有
申戌还归世以平

辛　酉

辛盘椒献岁
酉斝酒沽春

辛年献瑞新群象
酉岁歌丰富万苍

辛岁逢新岁
酉年祝大年

壬　戌

壬养万物
戌成四时

壬符身佩朱书吉
戌岁人怀赤壁游

癸　亥

癸尊永宝
亥算遐龄

癸鼎留铭子孙永宝
亥年纪算岁月长新

第七辑　生肖春联

鼠　年

子夜岁交替
鼠年春更新

苍松随岁古
子鼠与年新

钟声敲子夜
瑞气入鼠年

春风拂绿柳
金鼠跳青松

一日时辰子作首
十二生肖鼠为头

花香鸟语春光好
雨顺风调稻菽丰　（菽谐音鼠）

灵鼠跳枝月影起
春牛耕地谷香飘

造福子孙传百代
灭除鼠患乐三春

莺歌燕舞春添喜
豕去鼠来日焕新

鸠妇雨添正月翠
鼠姑风裹一庭香

春雨晓风花开五色
鼠须麟角力扫千军

鼠年点鼠标美景屏间现
春雨敲春韵笙歌耳畔萦

牛　年

人逢如意事
牛耕艳阳春

牛耕芳草地
鹊报吉祥年

欢度新春节
高歌小放牛

迎春驱害鼠
造福效黄牛

草绿黄牛卧
松青白鹤吟

春暖黄牛跃
山高碧水流

黄牛耕土地
幸福到门庭

黄牛耕绿野
猛虎啸青山

紫燕寻原主
金牛舞早春

人物风流心向党
乳牛勤奋力耕田

牛耕沃野层层绿
鹊闹红梅朵朵香

牛耕沃野千山笑
雪映红梅小院香

中天星彩腾奎壁
大地人文射斗牛

春到人间冰雪化
福临门第牡牛忙

紫燕双双飞小院
黄牛只只舞新春

当年禹甸多铜马
今日春效遍铁牛

铁牛拖出满山宝
茧手挖来遍地金

紫燕迎春寻旧主
黄牛耕地试新犁

有庆年头鹊报喜
无边田野牛迎春

铁牛喘月千畴绿
赤帜吟风万代红

雪映红梅山水笑
牛耕碧野稻花香

金光大道人催马
黄土田间曲吆牛

棣柳摇风燕织绵
红桃沐雨牛耕春

鼠去牛来闻虎啸
民殷国富盼龙飞

幸福基于人奋斗
丰收全靠牛耕耘

数声柳笛飘牛背
无际春光到手中

爆竹连声传喜庆
黄牛犁地献丰收

勇当改革排头雁
甘作人民孺子牛

新春乐咏黄牛颂
小院频传紫燕歌

腊尽春浓山村添喜气
牛肥马壮门户沐春风

扫地卧青牛石洞烟霞万古
吹箫翔白鹤蓬壶岁月千秋

虎　年

山光悦虎性
春色暖人心

时来花作雨
春到虎追风

虎年今胜昔
福日寿而康

虎威明月色
燕语舞春风

牛劲仍犹在
虎威欣又生

虎气冲星斗
春光艳锦霞

虎哮新岁月
人改旧乾坤

虎猛傍山势
春浓染梦香

四季春为首
千山虎作王

虎吞中天月
人描大地春

虎啸千山秀
春归万木荣

英雄生虎胆
祖国振龙威

旧岁骑牛去
新春跃虎来

虎跃山河壮
春来日月新

虎啸群山峻
龙吟大海雄

春天春起色
虎岁虎生威

岁新牛得草
春媚虎登山

虎虎有生气
年年庆吉祥

虎啸山增色
人欢岁更新

春风刚入户
虎气又临门

泉洌流松韵
山高壮虎威

泉流飞月色
虎啸鼓松涛

黄牛辞旧岁
乳虎报新春

骑牛踏雪去
跨虎报春来

辞旧怀牛劲
迎新振虎威

新春迎大吉
猛虎跃高峰

虎啸龙吟气势
松风竹韵精神

一代英豪生虎气
三春杨柳戏莺歌

十亿人民增虎劲
门添春色发春晖

人民气魄如龙虎
祖国江山似画图

人添志气虎添翼
国庆富强民庆春

三春岁月腾龙日
一统江山入虎年

牛耕绿野千仓满
虎啸青山万里春

丑去寅来人益健
牛奔虎啸景愈新

四海三江春气象
千家万户虎精神

江山一统腾龙日
岁月三春入虎年

宅后青山金虎踞
门前绿水玉龙盘

年逢寅虎群情奋
刚别丑牛大地春

兴伟业仍须牛劲
展宏图更壮虎威

虎气顿生年属虎
春风常驻户迎春

虎气频摧换旧貌
春风鼓荡谱新篇

虎啸一声天地动
鸡鸣三界艳阳春

虎啸大山山献宝
龙腾祖国国长春

虎踞龙盘今胜昔
年丰人寿福增祥

虎添双翼奔前景
民合一心建小康

英雄十亿皆如虎
烂漫百花才是春

金牛奋蹄风云会
猛虎添翼锦绣春

金牛辞岁寒风尽
玉虎迎春福气来

春节乍闻春有喜
虎年又见虎生风

建伟业仍须牛劲
展宏图更壮虎威

唯大英雄能伏虎
是真俊杰敢擒龙

棕榈阴中曾射虎
柳花多处又游骖

春风浩荡花香柳翠
岁月峥嵘虎跃龙腾

虎岁至矣改革拓宽千里路
新春来也中华更上一层楼

虎跃龙腾十亿人力拔一穷二白
莺歌燕舞百家福图展大富小康

虎年鼓虎劲攻关夺隘皆如虎
春节焕春光绣水描山总是春

兔　年

红梅迎鹊笑
玉兔报春归

玉兔机灵承虎劲
金乌活跃显龙威

虎岁痛干祝捷酒
兔年怒放报春花

兔归春色美
花绽鸟声喧

玉兔毫光生紫气
金龙捷足入青云

虎尾扫时年大吉
兔毫挥处岁新生

兔毫描锦绣
燕剪裁霓裳

玉兔欢奔锦锈地
金龙腾跃艳阳天

兔魄呈圆花正好
莺歌萦绕景长春

兔影攀丹桂
莺歌动翠微

岁首喜看玉兔跃
耳边遥有金龙吟

高楼拔地接明月
玉兔迎春衔好花

虎去犹存猛劲
兔来更显奇才

庆玉兔今年奋起
祝金龙明日腾飞

深山虎啸雄风在
碧野兔奔美景来

春自卯时报起
福由玉兔迎来

虎去雄风镇五岳
兔生瑞气秀三春

日暖神州春辉万里
兔回大地气象一新

玉兔出蟾宫倾慕人间春色好
金龙腾碧宇喜看祖国画图新

龙　年

凤鸣盛世
龙有传人

春临福地
鱼跃龙门

万方春烂漫
四海龙腾飞

龙兴华夏伟
燕舞早春新

龙年有吉
国远无边

人有鲲鹏志
国呈龙虎姿

水摇龙影动
春到柳姿新

龙腾云似海
天远日为丸

龙腾华夏
燕舞阳春

人享南山寿
龙吟北国春

龙吟春正好
燕语日初长

龙舞长城雪
燕鸣北国春

春风燕语
祖国龙腾

大泽龙方蛰
中华地载春

龙口吐春水
农家敛福音

龙舞鸣华夏
燕歌报早春

龙游观宇宙
鹏举搏风云

白鹤松间舞
苍龙海宇游

竹筠生气节
龙马壮精神

农家飞燕语
祖国灿龙光

华夏龙腾跃
阳春景妖娆

鱼龙腾海浪
鹰隼出风尘

虎啸风声劲
龙腾春意浓

兔去归圆月
龙飞展壮图

兔观春浩荡
龙助国腾飞

春风传燕语
国步若龙飞

挥笔龙蛇走
迎春莺燕歌

雪飘满地玉
松老一山龙

蛟龙千顷海
花鸟万家春

紫燕鸣新柳
苍龙舞大潮

雷鸣龙起蛰
泥腹燕含春

瑞雪酿春酒
宏图赖玉龙

喜鹊声声喜
春龙步步春

燕语新年乐
龙腾大地春

爆竹普天笑
神龙举国飞

千古龙盘虎踞
三春燕舞莺歌

玉兔方归月殿
金龙已到人间

大展鲲鹏志向
壮怀龙马精神

龙蛰一川烟雨
鸟鸣万树春花

海上金龙跃起
梅梢春信初来

一元复始龙增岁
万物生辉燕报春

九天揽月中华志
四海腾龙民族魂

九龙飞舞千山雪
百鸟催开万树花

九州日丽迎新政
四海龙吟贺大年

九州十亿皆龙种
万户千家谢党恩

九州骨肉同龙脉
两岸山河共月圆

十亿神州晓日起
千秋伟业巨龙飞

千里云霞辉福地
万般春色壮龙年

大业成功惊世界
巨龙飞跃盛中华

大地迎春飞玉燕
人民报国跃金龙

玉兔升腾蟾阙里
金龙飞舞彩云间

玉兔呈欢辞旧岁
神龙跃起展鸿猷

玉兔刚随明月去
神龙又挟早春来

中华跃日巨龙舞
大地迎春万物新

中华崛起巨龙势
事业兴隆旭日辉

六龙整驭天行健
万象含辉地道光

龙起高天腾气象
燕裁新锦灿云霞

龙披神气腾东海
鹤带春风栖劲松

龙腾岁首开新运
鹊上枝头报好音

龙腾华夏钟灵地
德启门庭毓秀人

龙从百丈潭中起
春自千重锦上来

龙跃高天九万里
燕鸣大地十二时

龙门丽景催鱼志
祖国宏图壮我心

龙腾华夏添新貌
燕舞阳春展壮图

龙腾虎跃闹春意
人寿年丰赖党恩

龙年业绩超千古
人物风流数今朝

鸟鸣春日动山水
鱼跃龙门惊地天

报春壮曲神龙吟
强国宏图众手描

江山故国堪留鹤
日月浩天可舞龙

亨泰嘉辰龙应运
光华复旦凤呈祥

苍龙半挂秦川雨
石马长嘶汉苑风

刚唱兔年歌一曲
又斟龙岁酒三杯

英雄自有凌云志
时代腾飞出海龙

英雄儿女鲲鹏志
锦绣江山龙虎姿

辰年迪吉千重瑞
龙岁呈祥四季丰

金龙闹海春潮涌
紫燕迎春福气浓

青云紫气腾龙志
捷报宏图壮国威

国运国兴凭国策
龙飞龙舞靠龙人

鱼跃龙门百事顺
莺歌春节万民欢

鱼跃鸢飞惊海宇
龙吟虎啸换春秋

送玉兔吴刚捧酒
迎金龙敖广献珠

兔随冬去留祥瑞
龙报春来降福祺

春日春风春浩荡
龙年龙岁龙腾飞

春节迎来春气象
龙年焕发龙精神

春雨多情绿大地
金龙展志壮神州

春光明媚江山上
龙马腾飞道路中

梅为小院增春色
鹊为龙年报福音

蛟龙腾海三千丈
梅柳报春十二时

喜庆响鞭送玉兔
丰收锣鼓舞金龙

紫燕南来追玉兔
大江东去舞蛟龙

锦绣山川春色美
奔腾江海巨龙雄

瑞霭满堂人福寿
神龙闹海世清明

碧海浪高龙献瑞
苍梧叶茂凤呈祥

龙上高天凤翔远树
春盈大地花漫神州

龙凤呈祥阳春锦绣
鲲鹏展翅华夏腾飞

柏叶为铭椒花献瑞
龙缠肇岁凤纪书元

东海跃明珠金龙献岁
南天开淑景黄鸟鸣春

华夏腾飞英雄辈出人才广
巨龙昂首时代开来业绩丰

改革奏凯歌虎跃龙腾强盛景
开放谋新局莺歌燕语太平春

华夏腾飞龙有传人人有志
江山秀丽地成美景景成春

海是龙故乡龙腾海宇龙图展
春为花世界燕舞春风燕语新

虎将万千昔射大雕又伏虎
龙人十亿未跨骏马先腾龙

龙的故乡龙的传人龙男龙女承龙脉
海之土地海之使者海燕海鸥舞海天

喜值龙年经济腾飞国强大
乐迎盛世事业蓬勃民小康

蛇　年

小龙衔瑞草
大地发春华

捷报书奇志
春风引小龙

龙留巨影开新宇
蛇舞新姿乐小康

龙留丰稔景
蛇舞吉祥年

碧野逢春雨
银蛇舞艳阳

龙跃高天鱼跃海
蛇飞大泽燕飞春

花开四季馥
蛇舞九州春

九州崛起龙蛇舞
十亿腾飞骐骥欢

龙岁才舒千里目
蛇年更上一层楼

金蛇狂舞日
紫燕喜飞春

山舞银蛇春烂漫
路驰骏马景妖娆

龙年已结丰收果
蛇岁再开胜利花

春来千野秀
蛇舞四时新

大泽龙伏藏远志
莽原蛇蜕蕴生机

龙年皆有腾飞志
蛇岁更怀奋发情

银蛇盘玉兔
喜鹊报新春

出常山而雄岁月
腾大泽以壮神州

龙驾祥云门接福
蛇浮瑞气户迎春

喜迎长寿岁
欢庆小龙年

龙归紫洞云霞翠
蛇到青山草木荣

龙留瑞气常萦户
蛇报福音久驻门

龙抖雄姿归大海
蛇含瑞气舞新春

寿比青松福若海
蛇盘玉兔鹊登梅

新春喜鹊登枝唱
吉地银蛇降福来

岁辞大泽春明媚
人舞小龙景妖娆

金龙披彩蛇披玉
喜鹊报祥燕报春

岁序更新龙蛇竞舞
春风初度骐骥疾驰

岁辞龙尾春光好
山舞蛇姿景色娇

金蛇狂舞丰收景
玉燕喜迎幸福春

海宴河清龟蛇献瑞
风和日丽桃李争春

灵蛇有意降春雨
绿叶无私缀牡丹

盛世龙腾迎胜利
新春蛇舞报平安

佳节舞龙蛇千家敛福
东风荣草木万户迎春

蛇盘玉兔农家致富农家乐
龙戏珍珠中国振兴中国强

盛世挹春风芝草灵蛇迎瑞气
丰年歌善政奇山秀水沐朝阳

蛇岁纳祥凤催梅柳添春色
葵花向日鹊啭城乡报福音

龙携华夏腾飞飞起玉龙三百万
蛇伴新春狂舞舞来银蛇数千条

马　年

人欢马叫
鸟语花香

骅骝开道
骐骥争春

马驰平野阔
春暖百花香

丰年飞瑞雪
骏马跃长征

百花齐放
万马奔腾

一堂开淑景
万马会新春

马驰春色里
人在画图中

长征驰骏马
瑞雪兆丰年

百花吐艳
万马迎春

小龙随腊去
神骏携春来

马奔改革路
花绽艳阳春

乐驰千里马
更上一层楼

竹梅品格
龙马精神

万马奔腾日
千门幸福春

马奔呈锦绣
春到荡风云

立马千山矮
迎春万木荣

彩云追月
骏马迎春

万马争飞跃
百花竞秀妍

天高鹏展翼
路远马扬蹄

花开天下景
马跃世间春

旗开得胜
马到成功

马跃花间路
鸟鸣柳上春

风度竹流韵
马驰春作声

灵蛇归碧宇
天马步青云

宏图民可展
春信马能追

春来瑞雪里
马在征途中

骏马驰高路
人民乐小康

新春燕语巧
大路马蹄轻

金蛇狂舞去
骏马奔腾来

春拂芬芳地
马奔锦绣程

骏马驰千里
党恩泽九州

群星拱北斗
万马乘东风

金蛇舞腊尽
骏马踏春归

星斗明午夜
阳春入马年

莺声飞柳叶
马迹踏云程

鹏举腾飞志
马驰改革风

凯歌辞旧岁
骏马跃新春

骅骝千里志
梅柳九州春

黄莺传捷报
赤兔踏春光

大地生香吐艳
神州跃马争春

草枯鹰眼尽
霜尽马蹄轻

骅骝奔大道
鸾凤本高翔

腊鼓催赤兔
春歌动黄彪

天马横空出世
腊梅傲雪迎春

春风来柳上
马力在征途

骅骝开道路
鹰隼出风尘

路遥知马力
春媚有花香

尚有金蛇灵气
重振龙马精神

春色绿千里
马蹄香万家

骅骝开道路
梅柳渡江春

路途遥万里
骏马啸新春

春到红鬃马上
喜盈绿柳门前

春江堪饮马
祖国喜腾龙

海阔凭鱼跃
路遥任马驰

蹄花沾晓露
柳浪溅春潮

留下小龙瑞气
迎来骏马新春

一夜春风来小院
万匹骏马闯雄关

九州安定中华盛
八骏腾飞大路宽

人欢马叫丰收岁
狮舞龙腾改革潮

一程风月蹄花碎
万户春联喜气浓

九州生气呈龙瑞
十里花香衬马蹄

人强马壮康平日
囤满仓流吉庆年

一路马蹄花引蝶
万家春色柳闻莺

九霄鹏鸟云翎健
四野马驹蹄步轻

人民自有回天力
骏马喜迎遍地春

八骏风驰千里近
一年花发十分红

十里早莺鸣暖树
一群骏马越雄关

千里江山春气象
一年锦绣马风流

九天日暖张鹏翼
四野风轻快马蹄

人怀大志兴中国
马跃四蹄奔小康

万里春风催骏马
一轮红日照征途

千树流莺歌丽日
中华跃马上征途

千树春花争早放
万骑骏马着先鞭

千里骅骝开道路
一堤杨柳占春风

千畴竞秀丰收景
万马奔腾中国年

万里彩霞迎旭日
一群骏马带朝烟

万里征途识马力
三春岁月有莺歌

万马奔腾成骏业
九州改革起鸿图

才如天马行空惯
笔似燕尾点水轻

大鹏翼展青云路
骏马蹄飞浩荡春

大道征途驰骏马
高天阔地展雄才

马奔万里青云路
花缀九州碧野春

马奔大路风生响
梅报早春雪吐香

马首是瞻唯展骥
凤毛济美竞增华

马驰大路春如锦
鹰击长空气若虹

马跃马奔春色里
人歌人笑福音中

马跃长征驰远志
民期伟业展宏图

马跃征途添锦绣
春归大地更妖娆

马越关山奔大道
风流人物看今朝

马蹄得意奔新路
鹊语随心报好音

马逢伯乐驰千里
鹏举高天展万程

马逢盛世成鸿业
鹏举高天极大观

水如碧玉山如黛
人奋雄心马奋蹄

风尘一路马蹄碎
爆竹千家春意浓

风摇杨柳枝枝秀
马跃征途步步高

手底横斜蝇首字
心头起伏马蹄风

文明社会春风意
龙马精神海鸥姿

丹青描得山如画
翰墨绘来马似龙

无边春色百花艳
有庆年头万马驰

化日舒长莺语巧
春风得意马蹄骄

化雨春风千里绿
扬蹄骏马八方雄

五星闪耀江山伟
八骏腾飞捷报稠

白马壮心奔大道
青春浩气献中华

民殷国富年年乐
马叫人欢处处春

龙马精神惊日月
芝兰气味爽心胸

龙马精神壮似海
国家利益重如山

百花争艳春来也
万马奔腾国盛矣

百花齐放春光好
万马奔腾国步雄

百花香溢春光艳
万马蹄飞国运昌

向阳花木三春秀
得意马蹄一路风

向阳门第春光好
夺路骅骝志气豪

江山盛世春风里
马蹄前程锦绣中

江山锦绣诗中画
骏马奔腾路上春

好雨知时花蕊放
春风得意马蹄轻

好借春风抒壮志
快催骏马奔前程

芝兰气味家家出
龙马精神处处生

色借梅花香借雪
壮观骏马美观春

红梅翠柳妆春色
赤兔青骝跃画图

红旗指处中华伟
骏马腾时大地春

红旗辉映千山锦
骏马奔腾万里风

有志神驹奔大道
无边春色赋新年

庆盛世雄狮起舞
展宏图快马加鞭

花木向阳春不老
骅骝开路景无边

花放四时呈秀色
马驰万里报佳音

宏图锦绣众人绘
大道逶迤万马腾

改革新潮千帆竞
康庄大道万马腾

改革年头纵快马
英雄儿女著先鞭

炎黄万代承龙脉
华夏九州亮马蹄

英雄骏马开新路
浩荡春风展壮猷

青松有寿鹤为伴
老骥多情鹿共鸣

宝马扬蹄奔大道
金鸡昂首报新春

鱼跃龙门成大器
马驰云路奔小康

香染马蹄花十里
春传燕语乐千家

映日红霞浮骏马
宜人春色到农家

春光早向梅梢发
诗句多于马背吟

春风笑逐福音至
天马喜随捷报飞

春风得意民得志
骏马扬蹄国扬威

春风碧水双鸥静
旭日青山万马嘶

春风得意马蹄奋
壮志凌云龙步腾

春风得意花千树
骏马扬蹄锦万程

春花吐艳香千里
快马加鞭跃九州

春回大地千峰秀
马跃神州万象新

春天点点芭蕉雨
马步声声杨柳风

春到黄山山若画
国乘骏马马如龙

春色乍随杨柳染
马蹄时送福音来

春色无边花似锦
英雄有志马如飞

春阳送暖芳菲地
骏马奔腾锦绣程

春情寄语千条柳
快马加鞭万里程

春融大地莺声脆
日照征途马步轻

神驹轻踏春前草
小燕喜穿柳上风

神驹踏出阳关道
大地绽开幸福花

院内红梅融白雪
途中骏马笑春风

颂改革九州同乐
喜迎春万马奔腾

梅报新春花怒放
马驰大路国腾飞

梅柳迎春花正好
骅骝开道景愈娇

蛇行己巳辞旧去
马跃山川报春来

蛇去景藏诗意里
马来人入画图中

跃马扬鞭抒壮志
耕云播雨夺丰收

骑马挎枪走天下
携春带福送人间

骑马放歌歌胜利
扬鞭捷报报新春

莺歌燕舞芳菲季
马叫人欢婀娜春

莺唤千林萌碧翠
马驰万里度春秋

莺歌柳浪柳增色
马踏春风春发光

捷报千张红映日
马蹄万点碧连云

勒马开怀颂改革
迎春祝酒庆丰年

骏马扬蹄嫌路短
雄鹰展翅觉天低

骏马驰骋千里志
鲲鹏腾跃九重歌

骏马东风抒壮志
新春捷报入宏图

雄关似铁千骑越
捷报如云万里飘

雄关漫道题诗瘦
时代春风纵马豪

雄心驯服腾云马
壮志敢擒出海龙

雄鹰大展凌云志
骏马喜迎改革春

雄狮竞舞中华志
骏马奔腾民族风

福音随燕飞门上
春意逐风到马头

翠鸟争鸣花吐艳
神鞭挥响马迎春

新岁新春新景象
好人好马好前程

满怀壮志揽明月
放眼前程驾快骑

旗展五星四海笑
马奔万里九州春

旗开得胜江山固
马到成功事业新

鹏击九霄展大志
马奔万里报新春

蹄花千里沾晓露
柳浪万重鼓春潮

紫气东来春露面
青云直上马扬蹄

爆竹声声催快马
梅花朵朵笑春风

大海方平千帆竞发
征途正远万马奔腾

马蹄踏碎一穷二白
梅蕊引来万紫千红

马叫人欢九州同乐
春华秋实四季纳祥

改革有成宏图似锦
春风得意马步如飞

春暖神州百花争艳
国兴伟业万马奔腾

跃马迎春春风扑面
抬头见喜喜气盈门

爆竹声中一元复始
长征路上万马争先

牛肥马壮山村添喜气
人杰地灵门户沐春风

锦绣山河春和景淑
峥嵘岁月马跃人勤

十亿人共商改革大计
千里马踏出锦绣前程

快马舞东风喜盈四海
梅花香大地春满九州

梅柳渡江乾坤增色
骅骝开道岁月更新

红梅争艳春光如画美
骏马奔腾壮志比天高

把酒话复兴人存大志
扬鞭追绮梦马不停蹄

绿水青山九州生色
金戈铁马四海腾欢

奇迹不奇英雄能创造
远征非远良马自奋蹄

鱼跃鸢飞光景随时好
人欢马叫春潮逐浪高

万马奔腾为前程添锦绣
宏图再展与日月争光辉

旧岁峥嵘蛇舞青山山更秀
新春浩荡马奔大路路愈宽

宏图大展成就行行伟业
骏马奔腾飞跃道道雄关

快马加鞭协力同心跟党走
葵花吐蕊栉风沐雨向阳开

春日融融万树繁花竞秀
红旗猎猎千骑骏马争先

花红柳绿河山壮丽门庭秀
国富民欢龙马奔腾日月新

爆竹报喜喜报千军万马
楹联迎春春盈四海五湖

群英跃马喜看大美富强景
盛世同春乐享小康幸福年

大业成图放开大步追前骥
新春似海投入新潮献此身

柳拂春风马蹄得意奔新路
云浮丽日鹊舌随心报好音

千帆竞发几经风雨几经浪
万马奔腾一路凯歌一路春

万里蓝天莺歌燕舞春光无限
千村绿野马叫人欢淑景有余

羊 年

三阳开泰日
万事亨通年

马跃青云路
羊登碧草坡

马驰金世界
羊唤玉乾坤

马去雄风在
羊来新局开

马奔春色里
羊卧彩云间

羊鸣歌盛世
雀跃庆新春

吉羊鸣岁首
喜鹊唱枝头

骏马奔千里
吉羊进万家

腊鼓催神骏
春风送吉祥

新春鹊报喜
佳节羊呈祥

一元复始马奔去
四季呈祥羊跃来

人逢盛世精神爽
岁转阳春气象新

山乡春暖灵羊舞
海峡波平紫燕归

马去羊来春色里
莺歌燕舞画图中

马岁荣光辉日月
羊毫遒劲续春秋

马年事事如人意
羊岁时时报福音

马驮硕果辞岁去
羊跃青山报春来

马驮福字乾坤大
羊唤春光日月新

马驰大道远千里
羊戏小康富八方

马驰大道前程美
羊上奇峰景色娇

马甲雄骑赢胜利
羊羹美酒庆丰收

马尾劲松承雨露
羊毫妙笔点春光

马蹄腾跃凯歌奏
羊角扶摇捷报传

马步生风辞旧岁
羊毫洒墨写佳联

五羊献瑞浮春色
百鸟争鸣唱福音

白羊越涧探春色
紫燕绕梁报福音

灵羊下界盈门喜
乳燕衔泥满院春

岁焕新风莺偕燕
春来大地福呈祥

驯马腾飞千里路
牧羊更上一重峰

老马识途归宿去
吉羊献瑞报春来

金马奔腾羊接力
红梅怒放柳含烟

金马腾飞抒壮志
玉羊跳跃庆新春

金狗辞岁羊接力
丹凤朝阳燕迎春

宝马腾飞迎福至
灵羊起舞报春来

神马行空普天瑞
仙羊下界遍地春

春色宜人杨柳绿
农家有福牛羊欢

春风着意扶羊角
绿柳多情戏鹊歌

惜别垂杨难系马
喜瞻叱石尽成羊

桃李催春花烂漫
牛羊满圈业兴隆

莺歌燕舞阳春景
稻熟麦香丰稔图

骏马奔驰朝远景
灵羊跳跃报新春

骏马扬蹄嫌路短
羚羊翘首觉天低

踊跃马蹄成骏业
扶摇羊角展鹏程

羊年吉庆千家敛福
国运昌隆万物生辉

时雨春风吉羊献瑞
尧天舜日丹凤朝阳

送马年春花融白雪
迎羊岁喜鹊闹红梅

万马扬蹄踏凯歌而去
群羊翘首唤春信即来

马步越雄关雄风常在
羊毫书美事美德相濡

百业兴邦奋起人民十亿
三阳启泰迎来气象万千

岁届吉羊燕舞莺歌齐祝福
年逢盛世桃红柳绿尽芳菲

羊笔如花写就辉煌岁月
春风似剪裁成锦绣江山

春暖人心世界三千同雀跃
风搏羊角云程九万看鹏飞

猴　年

羊踏雪霜地
猴攀桃李枝

新春呈万象
大圣奋千钧

银羊报捷腾云去
大圣迎春降福来

羊辞清淑景
猴报吉祥年

大圣迎春图改革
新风遍地倡文明

猴山花果红如锦
福地禾苗绿似茵

羊毫添彩色
猴棒鼓雄风

大圣重来寰宇静
小康正现万家春

猴岁临门鹊报喜
民心向党志凌云

羊舞丰收岁
猴吟改革春

羊捻银须夸盛世
猴咂金嘴赞新春

猴喜满园桃李艳
春来遍地画图新

金猴开玉宇
绿柳舞春风

华夏初圆中国梦
金猴喜闹小康年

雪消门外千山翠
猴到人间万户春

金猴扶正气
玉宇荡清风

金猴献寿人民福
喜鹊登枝大地春

紫燕翻飞腾柳浪
金猴跳跃上春山

金猴开玉宇
紫燕舞新春

金猴献岁千家喜
玉燕迎春五谷丰

歌舞翩跹庆大治
国家强盛赖金猴

金猴临盛世
瑞雪映丰年

除夕羊随爆竹去
大年猴伴腊梅开

玉燕嬉春九州焕彩
金猴献岁万国呈祥

猴年花似锦
改革势如潮

桃花点点千山秀
猴岁家家四季丰

花果飘香美哉祖国
猴年增色换了人间

猴跃鹿鸣为大地回春祝福
龙腾虎啸给神州崛起壮威

大圣腾云三春瑞气三阳泰
小康有福万户和风万里歌

鸡　年

鸡鸣晓旦
燕舞阳春

闻鸡起舞
跃马争春

金鸡献岁
喜鹊登梅

鸡鸣一岁首
梅绽百花前

鸡鸣天下晓
鹊报人间春

鸡鸣天下白
梅放雪中香

鸡鸣村觉晓
鱼戏水知春

鸡声招燕舞
柳浪戏莺歌

鸡声催晓读
鸟语伴春耕

鸡歌能醒梦
曙色可留春

鸡叫霜晨月
人迎幸福春

鸡鸣千日喜
燕舞万家春

金鸡石上立
紫燕柳间飞

金鸡鸣盛世
喜鹊报新春

金鸡鸣福地
赤鲤跃龙门

鹿鸣增福寿
鸡唱易春秋

雪舞普天瑞
鸡鸣遍地春

雪舞小康景
鸡鸣中国年

雄鸡歌曙色
妙手绣春光

千里莺歌春泛绿
九州欢唱日初红

万家鸡叫东方锦
一夜风吹遍地春

日新月异群鸡唱
雨顺风调五谷丰

白鹤青松长寿景
金鸡红日艳阳春

白鹤衔来万户寿
金鸡唤醒五湖春

四季花香看蝶舞
三春喜讯报鸡啼

迎春雅兴闻鸡起
祝福豪情对鹤吟

鱼游春水纳余庆
鸡唱曙光逢吉祥

金鸡一唱千门晓
绿柳千条四海春

金鸡唱晓千山翠
喜鹊登枝万户春

金鸡高唱丰收曲
紫燕喜吟幸福歌

金鸡鸣处晨光美
爆竹响时春意浓

金鸡喔喔传喜讯
喜鹊喳喳报福音

金鸡昂首唱春晓
骏马奋蹄跃锦程

金鸡啼处腾红日
春节到时拥德光

金鸡起舞迎新岁
喜鹊登枝贺大年

鸡唱三声春遍地
梅开万朵喜盈门

鸡登石上鸣日月
鹤立松间阅春秋

鸡识新机随日叫
燕寻旧主带春来

鸡鸣万国长天锦
日照千山大地春

追梦快催千里马
报春正待五更鸡

鸢观古国千山秀
鸡报新年万里春

春信千家传紫燕
福音万户报金鸡

春节新晨鸡早叫
山村嫩柳燕双飞

春晨旭日雄鸡唱
杨柳清风紫燕飞

闻鸡艺海拾晨月
萤雪书山撷斗牛

闻鸡起舞人增寿
跃马争春国富强

笔描万壑千峰画
鸡报五湖四海春

庭前落絮早春柳
梦里新歌晓日鸡

梅开簇簇透春信
鸡唱声声报福音

跃马奔腾图改革
闻鸡起舞喜迎春

勒马才舒千里目
闻鸡更上一层楼

绿水鱼游春胜锦
黄山鸡舞日为丸

喜鹊登梅门有喜
金鸡报晓地生金

紫燕翻飞寻旧主
金鸡起舞唱新年

得志龙腾中国梦
闻鸡燕贺小康年

献岁金鸡鸣喜庆
迎春彩蝶舞祥和

群鸡合唱江山秀
双燕齐飞淑景新

雄鸡一唱普天锦
紫燕双飞遍地春

雄鸡起舞新春至
喜鹊欢歌五福来

雄鸡高唱千门晓
红杏盛开万户春

爆竹千声歌盛世
金鸡三遍报新春

布谷鸣春山清水秀
金鸡报晓人寿年丰

大有作为鸡鸣新时代
深化改革建设好江山

雄鸡一二声千门尽晓
瑞雪三五片万木回春

银燕穿云巧裁三春美景
金鸡报晓喜获五谷丰登

北斗回寅西院金鸡争唱晓
东风送暖南来紫燕喜迎春

春满神州风和日丽祝春节
鸡鸣盛世水笑山欢庆鸡年

狗　年

犬守平安日
梅开如意春

犬献梅花赋
鸡留竹叶图

鸟啼知日上
犬吠报春来

花狗观鱼乐
青云羡鸟飞

鸡舞三多日
犬迎五福春

金鸡争报晓
玉狗喜迎春

日新月异鸡鸣晓
岁吉年祥狗看门

犬卧阶眠知地暖
鹊登梅馥报春归

犬画红梅臻五福
鸡题翠竹报三多

戌岁人欢万事顺
狗年春媚百花香

狗看门户喜无恙
人积粮棉庆有余

鸡鸣晓日登仙境
犬报新年到院庭

柳浪闻莺千里秀
春台卧犬万家安

满门结彩春花放
吉日呈祥玉狗来

雪地梅花谁绘出
农家春色燕裁来

瑞雪铺成丰稔景
犬蹄踏出报春花

新春玉狗门前卧
华夏金龙天外飞

新年伊始山川秀
玉狗初临日月长

猪　年

六畜猪为宝
四时春占先

亥时春入户
猪岁喜盈门

春新猪似象
世盛国腾龙

猪是农家宝
龙为中国神

养猪能致富
跃马笑迎春

人逢盛世春无限
猪拱财门岁有余

吉日生财猪拱户
新春纳福鹊登梅

狗守家门旧主喜
猪增财富新春欢

狗问平安随腊去
猪生财富报春来

狗年已展十分锦
猪岁再登百步楼

猪是财神拱万户
燕为春使舞千家

恰逢盛世猪如象
喜庆新春鱼化龙

雪映桃符万户乐
霞燃爆竹一天歌

窗花剪猪招财富
壁上画虎镇鬼神

燕衔春信风光好
猪拱财门幸福长

第八辑　姓氏春联

李

木荣花绽展春色
子孝孙贤续嘉风
注：联首“木”“子”拼为“李”。

岷江水利千年益
昌谷诗风万古香
注：上联指战国水利家李冰；下联指唐代诗人李贺，有《昌谷集》。

狂歌痛饮双仙骨
索句呕心一锦囊
注：上联指唐代诗人李白；下联指唐代诗人李贺。

世系考春秋御史名官东鲁圣人曾问礼
渊源溯唐代翰林著绩玄宗皇帝也求诗
注：上联写春秋时期，孔子曾问礼于老子。下联写唐玄宗李隆基求诗于大诗人李白。

王

千里荷花开世界
一杯美酒对湖山
注：此联为集句联。上联集唐代诗人王湾诗句；下联集宋代诗人王庭珪诗句。

对联喜题右军墨
春意尽赋摩诘诗
注：上联“右军”，指晋朝书法家王羲之；下联“摩诘”，是唐代诗人王维的字。

三槐世泽
两晋家声
注：上联是王姓祠堂名；下联指王羲之、王献之。

秋水落霞惊四座
桐花栖凤服群贤
注：上联指唐代诗人王勃；下联指清代诗人王士祯。

黄槐绿竹宜新植
紫燕白鹅说旧家
注：上联含王祐种三槐、王徽之爱竹典故；下联藏王谢堂燕、王羲之爱鹅典故。

碧纱笼护诗人草
金带围开宰相花
注：上联融合唐代王播的故事；下联包纳宋代王岐公、王荆公的故事。

张

弓力千钧东风劲
长空万里北斗明

注：上下联句首嵌入“弓”“长”，弓、长为张。

齐家公艺
治国子房

注：上联指唐代张公艺，是我国治家有方的典范；下联指汉代谋士张良。

刘

词花语藻新年作
水色燕鸣插田歌

注：上联指唐代诗人刘长卿，有诗《新年作》；下联指唐代诗人刘禹锡，有诗《插田歌》。

三章早沛秦川雨
五夜长明书室灯

注：上联指汉高祖刘邦；下联指西汉文学家刘向。

赵

常山骄子英雄胆
松雪道人绝妙书

注：上联指三国蜀名将赵云，他是常山真定（今河北正定）人，故有“常山赵子龙”之称；下联指宋末元初杰出书画家赵孟頫，其号“松雪道人”。

建国兴邦称宋主
工书擅画树一家

注：上联指宋太祖赵匡胤；下联指宋末元初书画家赵孟頫。

马

绛帷若族
铜柱后人

注：上联指东汉经学家马融；下联指东汉名将马援。

远浦帆归曲致远
长春留引经季长

注：上联在末尾嵌入元代散曲家马致远的名字；下联在末尾嵌入东汉经学家马融（字季长）的字。

杨

木兰花馥三春瑞
易俗移风万户新

注：联首为“木”“易”，木、易合起来即为“杨”。

四知清操惭贪吏
千古文坛重草玄

注：上联指东汉名臣杨震；下联指西汉辞赋家杨雄。

叶

家藏万卷云樵录
锦绮四时畅春园

注：上联指清代校勘家叶云樵；下联指清代画家叶洮，画有《畅春园》图。

水心文集中原论
金石小笺半茧园

注：上联指南宋思想家、文学家叶适，著有《水心先生文集》；下联指清代诗人叶奕苞，隐居不仕，建“半茧园”。著有《金石小笺》等。

冯

一绝惊秋鹤
三言载梦龙

注：上联嵌入清代画家冯洽（字秋鹤）的姓及号；下联嵌入明代文学家冯梦龙的名字，他有“三言”传世。

才难自显方弹铗
位不稍迁老作郎

注：上联指战国时冯谖；下联指西汉名臣冯唐。

朱

紫阳世泽
白鹿家声

注：“紫阳”，是南宋理学家朱熹父亲朱松的号；“白鹿”，指朱熹创立的“白鹿书院”。

一统江山明社稷
四书精典宋圣贤

注：上联指明代开国皇帝朱元璋；下联指朱熹。

爱民良吏称千载
治学殊功注五经

注：上联指西汉官员朱邑；下联指朱熹。

毛

自荐舌枪退百万
大可力笔改四书

注：上联含“毛遂自荐”的成语典故；下联指清代经学家毛奇龄，字大可。

逸笔纵横驱白马
丹青渲染舞金龙

注：此联指南朝齐著名画家毛惠远。

卢

茶歌馨馥名传世
塞曲悠扬笛唤春

注：上联指唐代诗人卢仝，作《七碗茶歌》；下联指唐代诗人卢纶，作《塞下曲》。

诗色鲜明塞下曲
词风朴素蒲江篇

注：上联指唐代诗人卢纶；下联指南宋词人卢祖皋，有《蒲江集》。

尹

五代春秋师鲁撰
十篇唐说子渐弹

注：上联指北宋文学家尹洙，字师鲁；下联指北宋学者尹源，字子渐。

龙图阁士春秋赋
河内先生唐说篇

注：上联指北宋文学家尹洙；下联指北宋学者尹源。

邓

石如印谱首推篆
文度易解自好书

注：上联嵌入清代篆刻家邓石如；下联嵌入明代学者邓韨。

海战献身致远舰
文行图志伯牙琴

注：上联指清末海军将领邓世昌；下联指宋末元初思想家邓牧。

方

瀛奎律髓韵万里
凤岭点将红百花

注：上联指元初文学家方回，字万里；下联指北宋起义军方腊的妹妹方百花。

身后诗名传宇宙
腹中正气壮山河

注：上联指唐代诗人方干；下联指明代方孝孺。

文

吴中四子甫田集
节气千秋正气歌

注：上联指明代诗人、书画家文征明，著有《甫田集》；下联指南宋爱国功臣文天祥，有《正气歌》传世。

诗书隽秀衡山祖
画品一流虎丘孙

注：上联指明代诗人、书画家文征明，号衡山居士；下联指明代书画家文元善，号虎丘，是文征明的孙子。

梁

满江还响红玉鼓
新派常吟卓如诗

注：上联中的“红玉鼓”，指南宋抗金女将梁红玉，有击鼓抗金的故事；下联中的“卓如诗”，指清末文学家梁启超，字卓如。

少白宏篇红线女
卓如杰作墨经书

注：上联指明代著名戏曲作家梁辰鱼，字少白，作有昆曲《红线女》等；下联指近代资产阶级改良主义者梁启超，字卓如，曾撰写《墨经校译》等。

胡

古色新香画别致
月光清气春宜人

注：上下联首分嵌“古”“月”，合并即为胡。

镇守金华称大海
撰书禹贡号东樵

注：上联指明代将领胡大海；下联指清代著名经学家、地理学家胡渭，号东樵。

苏

唐宋八家三席占
指挥六国一身荣

注：上联指宋代文学家苏洵、苏轼、苏辙；下联指战国时期著名的纵横家苏秦。

北海牧羊不屈志
南天放鹤超然情

注：上联指西汉名臣苏武；下联指北宋杰出文学家苏轼。

史

蓼花雪汀秀乡里
翠竹震林绿江村

注：上联指清代诗人史荣，字雪汀；下联指清代书画家史震林。

南波传世诗书画
岵冈动人竹石兰

注：上联指清代书法家史翁，字南波；下联指清书画家史震林，字岵冈。

许

掬泉洗耳辞尧禅
解字成书费段笺

注：上联引用了“许由洗耳”的典故；下联指东汉文字学家许慎，著有《说文解字》。段笺即由段玉裁笺注。

说文解字古经典
山雨满楼唐律诗

注：上联指东汉文字学家许慎；下联指唐代诗人许浑，有“山雨欲来风满楼”名句。

陈

笔新墨奇避乱草
光远正大辅中山

注：上联指明末清初画家陈洪绶；下联指近代民主革命家陈少白。

禁锢卅年名益著
推敲七字户常扃

注：上联指东汉名士陈寔；下联指北宋诗人陈师道，字无己。

黄

咏诗句春归何处
题菊花秋艳几时

注：上联指北宋诗人黄庭坚；下联指唐末农民起义领袖黄巢。

名流惊世诗书士
技艺超人纺织娘

注：上联指北宋诗人黄庭坚；下联指元代杰出女纺织家黄道婆。

白

四关铁桶因良将
十首秦吟继国风

注：上联指战国军事家白起；下联指唐代诗人白居易。

诗歌杰作香山士
辞赋传奇滤水风

注：上联指唐代诗人白居易，晚号香山居士；下联指唐代文学家白行简，是白居易的弟弟，作有《滤水罗赋》。

吴

楼危明月芭蕉翠
水涨白帆杨柳青

注：上联指南宋诗人吴文英；下联指明代小说家吴承恩。

三让两家天下
一剑万世千秋

注：上联指商代吴太伯；下联指春秋时吴国的季札。

周

白练江帆浔阳景
桃溪芳草玉楼春

注：上联指元代诗人周德清；下联指北宋词人周邦彦。

三军左袒安刘室
一炬东风逞将才

注：上联指汉初大臣周勃；下联指三国东吴周瑜。

徐

枝斜梅态文长画
墙外杏花德可诗

注：上联指明代书画家徐渭，字文长；下联指元代诗人徐再思，字德可。

中论雅能邀帝赏
曹营终抱向刘心

注：上联指汉末文学家、哲学家徐干；下联指汉末三国时的徐庶。

曹

平阳世守三章约
子建才高七步诗

注：上联指汉代大臣曹参；下联指三国时的诗人曹植。

野田黄雀行千里
芹圃红楼梦百回

注：上联指三国时的诗人曹植，他的代表作有《野田黄雀行》等；下联指清代著名小说家曹雪芹，著有《红楼梦》。

孙

兵法卓绝传后世
药方回春救苍生

注：上联指春秋时期军事家孙武；下联指唐代医学家孙思邈。

逸仙壮举搏辛亥
武略运筹定东吴

注：上联指民主革命先行者孙中山，字逸仙；下联指三国东吴孙坚、孙策、孙权父子三人。

杜

春风夜雨知时节
云锦晴光转物候

注：上联集唐代诗人杜甫诗句；下联集唐代诗人杜审言诗句。

梦醒扬州甘薄幸
心忧社稷老风尘

注：上联指唐代诗人杜牧；下联指唐代诗人杜甫。

陆

官无长物唯求石
家有遗书何用金

注：上联指三国东吴天文学家陆绩；下联指南宋诗人陆游。

剑南诗派
江左文宗

注：上联指南宋诗人陆游；下联指宋代“三陆”——陆九韶、陆九龄、陆九渊。

高

燕歌行旅咏边塞
兰墅集篇续红楼

注：上联指唐代诗人高适，以边塞诗著称；下联指清代小说家高鹗，别号兰墅，续写了《红楼梦》。

达夫诗派吟边塞
剑父画风创岭南

注：上联指唐代诗人高适，字达夫；下联指近代画家高仑，字剑父，开创“岭南画派”。

袁

才捷当庭赋铜鼓
节高卧雪对梅花

注：上联指清代诗人袁枚；下联指东汉大臣袁安。

卧雪情高梅品格
凌云节盛竹风流

注：此联指东汉大臣袁安，他做官以清正廉明著称。

林

草舍百篇集清气
虎门一炬震国威

注：上联指清代学者林时跃；下联指清代名臣林则徐。

梅妻鹤子和靖士
竹笔译文冷红生

注：上联指北宋诗人林逋，赐号“和靖先生”；下联指近代著名文学翻译家林纾，号冷红生。

韩

文价早归唐吏部
将坛曾拜汉淮阴

注：上联指唐代文学家韩愈；下联指汉代军事家韩信。

慷慨千金酬一饭
正严一表重千秋

注：上联指韩信；下联指韩愈。

范

责君碎斗显忠爱
后乐先忧法圣贤

注：上联指秦末楚谋士范增；下联指北宋文学家范仲淹。

有祛病回春妙手
存先忧后乐之心

注：上联指东晋名医范汪；下联指北宋政治家范仲淹。

沈

三善名世
四韵家声

注：上联指南宋大臣沈度，其人为官有善政，时人称为“三善”。下联指南朝梁声律学家沈约。三善：一曰无荒土，二曰无游民，三曰狱无织案。四韵：沈约曾撰《四声谱》。

创新声律永明体
善作传奇不俗文

注：上联指南朝梁著名声律学家沈约；下联指唐代文学家沈既济。

吕

老弃钓竿荣佐帝
少交中散喜多才

注：上联指西周吕尚；下联指西晋吕安。

字林千古典
韵集一家言

注：上联指西晋文字学家吕忱；下联指吕忱之弟，音韵学家吕静。

孔

安富尊荣公府第
文章礼乐圣人家

注：联内指春秋时的杰出思想家、教育家孔子及其后人，包括汉代的财政家孔仅、大臣孔光、文学家孔融，隋唐的经学家孔颖达。

千秋绝唱桃花扇
万古奇文论语篇

注：上联指清代杰出戏曲作家孔尚任；下联指春秋时杰出思想家孔子。

孟

雄辩七篇尼父志
清诗五字杜陵称

注：上联指战国时思想家孟子；下联指唐代诗人孟浩然。

苦吟东野集
亲撰长春符

注：上联指唐代著名诗人孟郊，字东野；下联指五代后蜀主孟昶，他曾亲题“新年纳余庆，嘉节号长春”桃符。

萧

制律功高能固汉
选文心瘁继传经

注：上联指汉代政治家萧何；下联指南朝梁文学家萧统。

三代以迎谁翰墨
六经而后此传书

注：此联指南朝梁文学家萧统，选编《昭明文选》，以清人赞语为联。

谢

江左称风流宰相
程门重道学先生

注：上联指东晋名士谢安；下联指北宋学者谢良佐。

治法轻能退谷
文章美若叠山

注：上联指清代经学家谢金銮，字退谷；下联指南宋诗人谢枋得，号叠山。

郑

名高艺苑何由怪
德感黄巾不入乡

注：上联指清代书画家郑燮；下联指东汉经学家郑玄。

北战南征收宝岛
船来帆往下西洋

注：上联指明代民族英雄郑成功；下联指明代杰出航海家郑和。

牛

为民甘愿称孺子
报国乐于献丹心

注：鲁迅先生曾有“俯首甘为孺子牛”句。

祖

名垂青史圆周率
楫击中流报国心

注：上联指南朝齐数学家祖冲之；下联指东晋名将祖逖。

岳

守土君拔垂钓手
抗金天鉴赤忠心

注：上联指清代大将岳钟琪；下联指南宋爱国将领岳飞。

宗

杀敌渡河垂死愿
乘风破浪少年心

注：上联指南宋将领宗泽；下联指南朝宋将领宗悫。

左

铁铸肺肝忠贯日
赋齐衡固字如珠

注：上联指明代名臣左光斗；下联指西晋文学家左思，“衡固”即东汉天文学家张衡、史学家班固。

纪

代主舍身真赤胆
编书华国乃宏儒

注：上联指汉代将军纪信；下联指清代政治家、文学家纪昀。

钟

品诗论允如刘勰
献玉书华医魏文

注：上联指南朝梁文艺批评家钟嵘；下联指三国魏书法家、政治家钟繇。

陶

位显九州犹运甓
门栽五柳乐归耕

注：上联指东晋将领陶侃；下联指东晋诗人陶渊明。

蔡

琴声字体中郎业
荔谱茶笺学士风

注：上联指东汉文学家蔡邕；下联指北宋书法家蔡襄。

欧阳

继固承迁五代史
书铭刻石九成宫

注：上联指北宋文学家欧阳修；下联指唐初书法家欧阳询。

诸葛

有庐堪万古
读策定三分

注：此联指三国蜀丞相诸葛亮。

端木

廉平称治绩
性道在文章

注：此联指春秋时卫人子贡，其姓端木，是孔子弟子之一。

第九辑　地方特色春联

北　京

北国好春色
京门美景观

北国风光名宇内
京师政绩耀寰中

北国春光辉九域
京畿圣地聚三才

崇文平谷长安路
宣武畅春德胜桥

延庆香山东营北里
密云清水西站南街

十里春风长安两路
千年晓月永定一桥

九万里江山崇居首脑
十三亿黎庶共仰核心

唱京韵京腔江山无限
写春联春帖吉庆有余

小胡同大杂院民风独具
什刹海卢沟桥史鉴常新

燕市春归淡烟疏柳什刹海
都门寒尽丽日青松万寿山

天　津

一从永乐作津卫
长汇诸流称海河

东濒渤海向沧海
西拱京门壮国门

天塔高庄宾水道
津湾宝坻彩虹桥

蘸来渤海沧桑浪
书作天津美丽春

天风荡雾开新宇
津海奔涛起壮图

民俗古香杨柳画
风姿绰约海河春

沽水流霞龙行瑞气
津门绽彩蛇送福音

一箭一星激活天津梦
双城双港燃红滨海春

上　海

一江浦水淡黄乳
两岸繁花岁月春

懈开沪上三春景
浮起江南一幅图

上游客送千帆影
海运云开万里航

涛声依旧浦江岸
风雨曾经上海滩

上贾经营唯信誉
海商贸易在真诚

市自春申延至今朝诸业繁荣誉盈玉宇
党从卢湾华升紫禁核心树立固若金汤

八十余层大厦屹立浦东谁说天无柱地无把
春花秋月流年遍逛申内人云民实康国实强

金瓯腾跃社稷雍容屹立列强中切莫忘沪域扬帆南湖启橹
气派恢宏契机优化雄居名市内全凭着元勋决策世博盟情

重　庆

重庆小南海
綦江长寿湖

朝天门外长江水
神女峰前巫峡云

襟带两江迷夜色
水穿三峡秀山城

雾海云帆犁锦水
人潮物浪涌天门

龙城宝殿朝览江天红日出
凤阁琳宫夜观寺庙早春来

重德育黎民海澈清明歌堡垒
庆云浮玉宇山陵葱郁历春秋

桂园纪胜渣洞红岩圣火明灯三两处
峭壁飞泉高山峡谷奇诗雅画万千篇

河　北

大名无极景
灵寿永年春

春到苍岩寺
客游白石山

雁声蔚起白洋淀
灯盏燃红西柏坡

古邑冰壶含玉魄
邯郸银汉漾鑫波

日映风涛春满目
花香水美野三坡

燕赵雄风扬赤帜
中华绮梦展宏图

渤海潮腾龙气概
雄关势起虎威风

倚山起伏千里风云确是雄关第一
任海翻腾万般景象当歌胜地无双
（山海关）

山　西

双塔为毫书喜报
五台调色点春光

大观魏邑九龙壁
同乐平城万象春　（大同）

左云闻喜期长治
右玉怀仁庆大同　（山西六市县）

喜报映红羊角岭
春风早绿雁门关

穿城一脉靓汾水
透野千年馥杏花　（汾阳）

边塞新春留客住
华严宝塔任人登　（大同华严寺）

壶口烟霞腾野马
黄河气势动惊雷　（壶口瀑布）

壶关曲沃柳林地
天镇方山沁水区　（山西六县名）

捧一瓣心香圣地今朝同祭祖
看万般春色大槐何处不生根
（洪洞大槐树）

晋赋连篇歌文明晋韵
龙章溢彩绘锦绣龙城　（太原）

煤海荡春潮关凝粉黛
盂山藏大义瀑泻烟霞　（阳泉）

德善文化仁爱精神晋阳民俗中国范
和谐气氛鼎新魅力时代风姿太行春

孝城郑兴割股奉亲孝举感天赢唐帝赐名教乡民育后裔大德长传三晋外
义也猛虎街恩守墓义行撼地看古城焕彩景若画业如龙笙歌高奏九霄中　（孝义）

黄河入海白日依山胜景任吟哦风骚谁嗣王之焕
千里欲穷一层更上哲言长感悟今古人登鹳鹊楼　（永济鹳鹊楼）

内　蒙　古

八荒草原景
大漠戈壁春

万木金红三合里
百重翠绿大青山

乌兰套海春如海
牙布赖山美似山

额济纳旗好力堡
呼伦贝尔响沙湾

林海驼舟耕瀚海
响沙雁阵赶风沙

浆荡天光云蕾笑
鱼追树影月船行 （呼伦贝尔湖）

后套平原前套平原土质肥沃沟渠纵横塞上粮川今胜昔
农区经济牧区经济内涵丰富形式特殊北门梁柱壮还雄

辽 宁

虎庄青石岭
蛇岛碧流河

锦州异景无双地
世博奇花第一春

笔架摩天岭
塔山转角楼

潮逐帆飞千里远
春来虎啸一滩雄 （大连老虎滩）

水洞春光融万象
本溪灯影耀千山

红海滩红艳冲天天作美
辽河口辽潮泛浪浪开花

北国琴声邀月舞
南湖水韵伴歌游

吉 林

万笏朝天立
千峰拔地来 （长白山）

净月不随风水转
长春常见地天新

雪甲千峰长白景
林涛万壑茂青春

露水含香汇川春秀
雾凇炫彩皑雪景奇

雪岭高怀明一鉴
天池巨碗倒三江 （长白山天池）

鸟唱山峡美草显精神花显艳
林丰景色悠云飘意趣水飘香
（长白山生态林）

满目松花春似海
漫涟碧浪势如潮 （松花江）

红石湖白山湖湖湖映月
金龟岛江心岛岛岛回春

黑 龙 江

万象四丰景
双音五彩春

光烈铺开千里锦
牡丹沁透一江春

春绿秋红双季景
冬游夏钓四方情 （太阳岛）

野鹿飞岩流日影
云鹰越涧带山风 （完达山）

泻影龙江辉夜色
含珠宝岛浴朝阳 （珍宝岛）

瀑布一排冲镜面
群山万仞映湖心 （镜泊湖）

十里长堤树挂奇玉叶银枝玲珑剔透
松花两岸山多韵苍峦翠岭磅礴异常

江 苏

虹桥獃月梦
画舸荡春光

荷风绿雨烟波画
柳浪湖山阁榭诗 （太湖）

水月一天诗画料
荷莲千亩性灵花

昆曲悠悠吟妙韵
春歌啭啭唱和声

门对秦淮妙移几幅东吴画
学成书画回望百年南艺人
（南京艺术学院校庆）

峦馨水碧月朗风清千秋福祉
天宝物华地灵人杰百里昆山 （昆山）

一壑一丘尽得林泉妙趣
乐山乐水全凭诗酒风流
（苏州沧浪亭）

一百八记钟声唤起万家春梦
二十四番花信吹香七里山塘
（苏州虎丘）

永日耀春十分生意春前草
和风送雨万里财源雨后泉
（南京夫子庙永和园）

一巷月朦胧欲问乌衣何处去
万家春旖旎且看紫燕此间来
（南京乌衣巷）

今月古月皓魄一轮把酒问青天好悟沧桑小劫
长桥知桥画栏六曲移舟泊烟渚可堪风柳多情 （杨州小金山）

四周翠柳三径苍苔人来通海泉边古寺夕阳供凭吊
一曲小桥半湾流水地接学山园我平林烟景足勾留　（太仓人民公园）

浙　江

兰亭名四海
墨宝淘千秋　（绍兴兰亭）

世外桃源四面环山山永秀
人间仙境三潭映月月常圆　（小西湖）

上塔风尘落
观天境界开　（杭州六和塔）

怀抱千秋寻梅花叙旧
桩蹲一角看流水抚琴　（雁荡山）

湖光山色比西子
梅萼竹风拥哲人　（杭州西湖）

滴露簪花三面藤萝亭畔绿
流泉漱石一湖杨柳雨中青

碧水满潭浮一镜
白云几朵敷双峰

若灵运重来听池上楼中悠悠和谐曲
与浩然共咏望江心屿畔济济揽胜心

天赐湖上名园绿野初开十亩荷花三径竹
人在瀛洲仙境红尘不到四围潭水一房水　（西湖三潭映月）

湖中西子借亭桥清影垂柳柔枝留得二分明月
山畔琼花偕白塔玉光碧荷香气引来十里春风　（西湖春色）

安　徽

诗山韵水春秋道
海抱天怀日月仙　（当涂）

朱龙播雨帝王里
丹凤朝阳花鼓乡　（凤阳）

广陵散艳琴弦冷
月夜魂归竹影寒　（嵇康故居）

百花似锦为群岭频添秀色
一阁如亭供游人饱览湖光
（安庆花亭湖）

共看迎客松猴子石人字瀑北海云感有百灵欲邻黄帝居长住
莫道玉皇峻祝融清落雁奇天峰壮归从诸岳始信振之言不虚

河　南

丰姿尽缀枝头上
馥蕊齐凝花瓣中　（洛阳）

景仰英姿险秀雄奇成亮点
张扬魅力歌吟赋咏启平台　（石人山）

峡出三门浪涌黄河滋九域
禹开六壑恩施赤县润千年　（三门峡）

刀耕火种方成禹甸文明祖
露宿风餐巧续炎黄血脉根　（周口）

万仞尧山野花烂漫春来俏
无边红叶云树苍茫秋染丹
（平顶山尧山）

天开善目雨露阳光滋万物
石动禅心祥云瑞气惠千家
（云台山）

南瞻嵩岳立地顶天依稀乾坤砥柱
东去黄河争分夺秒实称民族摇篮
（郑州黄河游览区）

平起地鹰城临北汝而藏瑰宝有尧山立壁风穴鸣钟妙水听禅古关觅道秀雅雄奇荟萃人文留胜迹
顶峰兴骏业耸中州以耀明珠喜烟草飘香钢花溢彩盐田撒玉煤海流金黄蓝黑白繁荣经济展新图　（平顶山）

山　东

德大千秋圣
名高万世师　（曲阜）

一山岳耸穿天府
十八盘环接险峰　（泰山）

阁飞海月崂山客
山引天风青岛帆　（崂山）

祥瑞九龙腾地气
方圆一水纳天光　（潍坊九龙湖）

杨柳春风万方极乐
芙蕖秋月一片大明　（济南大明湖）

湖盈暮色荷丛隐鲤烟波谷
岛耀晨光苇畔出船雁鹭飞
（微山湖）

烟霭终消千眸千幅画
台阶频上一步一行诗　（烟台）

马路接风道教发祥招远客
龙池喷雪仙山觅胜醉蓬莱
（蓬莱）

执缨鸣角望千里蝶墙思苍生血泪
攀岭翻山观一龙气势豁赤子胸怀
（齐长城）

江　西

云飞南浦连三楚
雨霁西山见九州　（滕王阁）

遥观涧下晴飞雪
近听山中雨滚雷　（庐山瀑布）

八角楼头连北斗
七言绝句撼南京　（茅坪八角楼）

鄱水春雨呈碧浪
庐山日丽现奇观　（庐山）

风雨匡庐五老峰高迷彩雾
烟霞牯岭仙人洞险暗彤云
（庐山仙人洞）

日绽云蒸洞古颂苍仙人悟道知鱼乐
风驰浪涌山光鸟醉梦境归天化鹤飞

何止菱香三秋菊三冬梅三伏荷花三月柳
都夸湖美一堤情一艇趣一山画稿一园诗

滕阁恢宏参天地兴废越千年廿载名楼焕彩落霞孤鹜齐唱春天故事
洪都盛赞冠古今腾飞歌六秩两行珠璧联辉秋水长天重吟旷古华章　（南昌）

湖　北

晴光远照穿云过
川水长流带月飞　（晴川阁）

绝唱永存静品高山流水
知音长在曼吟芳草烟花　（古琴台）

清风绕一楼玉笛声中黄鹤舞
明月照三镇碧波杯里白云飞
（黄鹤楼）

苇荷并茂鱼鸟同欢百里丘波连野趣
烽火曾燃硝烟已散一支名曲谱春歌
（洪湖）

八岭林香楼郢清风飘玉户
九龙水秀荆城胜景映长江　（荆州）

咏大江东去怀古伴前贤心潮卷起千堆雪
迎爽气西来抚今图后世视野连通万代春　（黄州赤壁）

于武当道观传黄老真经光焰烛天醒世界
设八卦池坛立龟蛇神像富强指日耀中华

湖　　南

泽润神州盛
东升旭日红　（韶山冲）

雨霁风清润花梳柳
烟国水碧漱玉鸣琴　（涟源）

时雨气蒸云梦泽
春风波撼岳阳楼　（岳阳楼）

摩天揽胜于斯有道
养性怡情到此无吾　（济阳道吾山）

苏岭多姿仙境初登画中画
郴山焕彩去梯共步楼外楼
（郴州苏仙岭）

麓山引岭千山葱茏连粤海
湘水偕同四水浩荡入长江
（岳麓山云麓宫）

岛上风情种种来者平添雅致
洲头过客芸芸几人敢问苍茫
（长沙橘子洲）

圣洁古今传莲滋厚意花含笑
辉光宾客赞湖泛清波水透香
（莲花湖）

莲绽琅寰景远千秋昌福地
湖开绿野波兴契顷籼濂溪
（郴州爱莲湖）

也号橘洲山影一痕屏岳麓
又名长岛浪花无际枕潇湘

引侣橘子头诗风激荡湘江水
飞觞天心阁笑语飘飞岳麓山

唯楚有才岂徒曾左彭胡千秋浩气吞衡岳
旅湘是客欣返湘资沅澧三户先声下洞庭　（潇湘胜景）

门向祝融开好步步登天人寿当如衡岳寿
歌从回雁起听声声击壤音清原赖世风清　（南岳衡山）

福　　建

长桥横断一江浦
鳌海梯航万国船　（安平）

横空一坐抗天命
透雾东招统海流　（日光岩）

人道潮来如鼓响
今闻风动是琴声　（鼓浪屿）

敦友亭前怀旧雨
睦邻花畔话春风　（溜江敦睦亭）

鹅湖鹿洞著鸿篇鸢飞鱼跃
绿水青山诞朱子紫气丹阳
（九溪朱子祠）

五羊琼海琼山花县广丰迎风庆
八闽永春永泰福州长乐似仙游
（福建地名）

有斯梦幻烟岚翠色横流万壑飞花何处去
看这画图山水银光潋滟双龙吐玉此中来（永春云河谷）

金碧交辉山水间闻鸟语花香寻仙人对弈
松云挹秀尘嚣外看波光帆影赏游子吟诗（厦门）

古森参天栈道透迤试问桃源何处觅
银帘挂壁山岚弥漫但知晋水此间来
（永春云河谷）

广　东

邀天下客
赏岭南春（梅州）

大坝横江山浴海
台帆飞浪水连天（鹤池水库）

万树红梅君子气
千秋赤胆客家风（梅州）

七彩迷峰花世界
四时啼鸟水乾坤
（湛江南国植物园）

白云春暖千家乐
珠海波平万舶来（珠海）

大手笔凭谁引南海潮声涤尽尘沙清肺腑
好风光入画看曲河波影分开花树映人家

岭上有梅堪比雪
天涯无处不逢春（梅州）

日月风流欢世界
山川锦绣乐天堂（深圳欢乐谷）

日照梅砂光耀眼
风吹海水浪滔天（深圳大小梅沙）

天蓝水秀山青美溢花都四时铺秀色
政畅人和物阜乐盈梅海百姓唱和所
（梅州）

喜鹊登梅梅报新春春酒满斟天下客
东风舞柳柳迎嘉客客都长驻世间春
（梅州）

海　南

山水有情风动石
海天无际浪淘沙　（文昌铜鼓岭）

鸥燕盘旋椰树春风翻绿浪
铁龙造访天涯海角变通途
（天涯海角）

广　西

柳种柳州柳青大地
佛宗佛教佛向云天　（柳州佛寺）

苏墨韩诗祭柳情碑称三绝
兴文佈政亲民吏德泽一方
（柳州三绝碑）

华南铺锦绣楚粤双边同越岭
桂北耀明珠湘淳一脉共灵渠
（湘漓通脉）

桂林寻梦重温岁月激情可圈可点
漓水泛舟领略江山胜景如画如诗
（漓江百里画廊）

铧嘴分江湘江北去华夏湘江通水系
天平导水漓水南来桂林二水并江流
（兴安灵渠）

山峦列野山从越岭走来神会千秋诗境象峰水月
水系环城水向苍梧流去景开百里画廊烟雨漓江　（榕城胜景）

苍山隐树楼缀四季竹梅花鸟谁说桂林在世外
秀水叠潭镜收九霄星月云霞敢教阳朔到身边

云　南

慧灯普照感通寺
香水常燃清碧溪　（大理苍山）

四方通八面看滇北老街惬怀开放
万载接千秋扣纳西古乐和韵飞扬
（丽江古城）

百舸竞流千般倩影凸现人间仙境
一江丽水万首情歌迎来天下贵宾
（丽江古城）

地处青山水领风骚浴瀑仙风消雾气
天成妙境形如泰岳钻天宝阁解心机
（昆明三清阁）

一水抱城西烟霭有无拄杖僧归苍莽外
群峰朝阁下雨晴浓淡倚栏人在画图中　（昆明西山）

十里丽江卧三百小桥最动人千溪水洌有龙漱玉泉鱼衔月影
一方大砚映九天晴雪好登顶万古楼高看树铺春色鸟吐花声　（丽江古城）

群岳有灵肖狮卧象屏之状护坝涵春且相知虎跃金沙龙蟠雪岭
古城无恙遣笛鸣象响之声随风入槛犹细棕云飞木府烟锁翠桥　（丽江古城）

贵　州

俯冲呼勇敢
垂泻落清白　（黄果树瀑布）

遥观巨瀑飞云壁
疑是银河泻月空　（黄果树瀑布）

四　川

人间美景无双寨
画里瑶池第一沟　（九寨沟）

千佛岩前礼万佛
三生石上证三生　（广元千佛岩）

荷耀桂湖三面景
花香蜀地一城春　（桂湖）

茅屋秋风歌雅颂
浣花溪水史诗香　（成都杜甫草堂）

杜甫草堂清风瘦月
石涛画稿响水奇峰

无边竹海层层碧
遍地氧吧处处鲜　（蜀南竹海）

富天富地一代汉皇留胜迹
乐山乐水千秋诗社落芳踪
（绵阳富乐山）

玉山无瑕泉湖长作梳妆镜
仙台有道日月永呈如意春
（绵阳西山）

城号锦城里称锦里水名锦江锦上更添花此日锦城真似锦
府尊天府池掘天池地藏天宝天工应开物他年天府更胜天　（成都市）

夕阳红到枇杷阅古今过客词人苔荒洪度千年井
春水绿生杨柳触多少离怀别绪门泊东吴万里船　（成都望江楼）

几折泉声翠壁间寻觅仙踪唯见当年千古月
千峰岚气青霄上流连胜概更怡此日一楼春　（四川江油）

陕　西

春临雁塔风光美
月照碑林翰墨香　（小雁塔）

水碧山青重峦叠嶂皇林秀
花红草绿漫野斑斓汉苑春
（陕西汉上林苑）

池水清心爱读青莲诗万首
涟漪迷客长吟白傅韵千回
（临潼景区）

根在黄陵五千年古柏参天绿
泽流赤县九万里春潮动地来
（黄帝陵）

高唱东方红延安宝塔辉春色
喜圆中国梦窑洞油灯亮福音
（延安）

唐陵依后土一帝昭昭九嵏自有高风在
燕策比贤君千秋烈烈六骏曾追大业来　（昭陵）

烽火起当年问大汉雄兵冲出边关谁跃马
江山留胜迹看茂陵烟雨惹来骚客自凭栏　（茂陵）

万里寻仙踪见渭水流隔岸人游芳草地
千年历往事问印痕谁抛钩我坐钓鱼台　（宝鸡姜子牙钓鱼台）

八百里秦川帝邑辉煌万象春风抚渭水
十三朝帝气秦腔奔放百年梦想秀长安　（长安城）

青　海

古寺撑天腾瑞气
经幡映日灿春光　（塔尔寺）

万顷烟波澄碧海
四围山色拥昆仑

宁　夏

红黄蓝白黑五珍献瑞
回汉藏蒙维百族挥春

九州齐祝贺激黄河浪挟大漠风凯歌高奏欢歌起
百族共团圆擎特色旗奔小康路宁夏奋飞华夏飞

甘　　肃

水天一色云霞渡
泉月相拥花鸟眠

陇原春月吟怀敞
天水时风咏浪高

荻芦万顷江南画
张掖千秋塞北诗

茶道履新百业珠玑光陇坻
松棚映秀千家灯火媲江南（古茶道）

古道感苍茫暮雨晓风似闻秦汉驼铃响
新城观锦绣飞花落叶犹带韩张马弩声

沙白几时鸣惊雷但有蛰龙出
池犹亘古在出水还期天马来
（敦煌鸣沙山）

羲皇未曾老千秋逸事归村野
麦积又凝辉万里春光秀古城

根从陇上发渊源犹若泰山古
铃自关中响情谊如同丝路长

西北有高楼望白塔影长飞雁鸣空谁曾对景题诗锦绣数重风吹起满城秋色
江山留胜迹看黄河波涌群峰入画来者依栏抚剑沧桑一梦浪淘尽千古英雄
（兰州望河楼）

西　　藏

万里祥光浮翠黛
四时云气笼清明

布达拉宫铭千年西藏历史
文成公主结万代唐蕃姻缘
（布达拉宫）

藏经声梵语唱鸣文脉博深生瑞气
卧佛像禅心清净雪原古朴振雄风
（布达拉宫）

新　　疆

一池浓墨描春色
万木长毫挺笔端　（天池）

俯视平湖劈波斩浪银蛟舞
仰观丘落破雾穿云玉蝶飞
（石河子北湖）

凭克市举征旗数四十年中特教高勋奏凯歌扬伟业赖英豪擘蓝图叩马跃金龙赤旭升腾催健步
任油田铺画稿知三千里外殊能大漠流辉焕新疆兴老局躬逢胜典濡笺标玉尺诗潮振荡入雄怀　（克拉玛依市）

香　港

大笔画龙香港喜看龙破壁
高梧引凤神州酣唱凤还巢

观无尽大厦边绵喜善政爱民万家蒙荫
塘有源长江浩瀚感良工泽世一地沾光

虎踞壮襟怀揽山郭千家仰碧落千寻瞰千里风帆万顷烟波添浩瀚
塔光澄叆叇喜清秋九月际登临九日更九时雅集四方裙屐乐瞻依　（虎塔）

澳　门

此地勿忘陷敌时佳荫竟荒墟沧桑留付渔樵话
斯亭重建中兴日嘉名仍旧贯道路无虞晓夜行　（莲花亭）

松风徐送正荡胸怀近看镜海波光莲峰岚影
山雨欲来且留脚步遥听青洲渔唱妈阁钟声

台　湾

日月双轮影
晨昏一镜春　（日月潭）

五月桐花花飞五月雪
一枝梅蕾蕾绽一枝春

第十辑　古今名人春联选

新年纳余庆
嘉节号长春
——五代后蜀·孟昶春联

门大要容千骑入
堂深不觉百男欢
——北宋·苏轼春联

爱君希道泰
忧国愿年丰
——南宋·朱熹春联

春风阆苑三千客
明月扬州第一楼
——元·赵孟頫春联

光依东壁图书府
心在西湖山水间
——元·杨瑀春联

水声鸣昼夜
山色永春秋
——明·唐寅春联

草色和云暖
梅花带月寒
——明·祝世禄春联

窗间白发催愁境
烛底苍头劝读书
——明·汤显祖春联

春随香草千年艳
人与梅花一样清
——明·徐霞客春联

苍松翠柏窥颜色
秋水春山见性情
——明 · 董其昌春联

竹雨松风琴韵
茶烟梧月书声
——清 · 傅山春联

两间东倒西歪屋
一个南腔北调人
——清 · 鲁亮侪春联

午日到门听磬远
春风吹树隔林寒
——清 · 毛奇龄春联

朗日映怀，和风在抱
崇兰托咏，修竹为文
——清 · 王仁俊春联

春归乔木浓荫茂
秋到黄花晚节香
——清 · 康熙赠陈廷敬春联

诗怀淡处临春水
文味闲时数落花
——清 · 高凤翰春联

茶香入座午阴静
花气侵帘春昼长
——清 · 汪士慎春联

脂红粉白春消息
淡墨浓烟老画翁
——清 · 李鳝春联

清如瘦竹闲如鹤
座是春风室是兰
——清 · 金农春联

春风放胆来梳柳
夜雨瞒人去润花
——清·郑燮春联

文如秋水尘埃净
诗似春云态度妍
——清·刘墉春联

人间岁月闲难得
天下知交老更亲

池上行吟联旧雨
藤花听事坐春风
——清·王文治春联

读书身健即为福
种树花开亦是缘
——清·吴廷康春联

门心皆水
物我同春
——清·彭元瑞春联

墨花点毫晓云湿
芝草入帘春雨香
——清·钱鲁斯春联

开卷神游千载上
垂帘心在万山中
——清·邓石如春联

四面云山供点笔
一庭花鸟助吟诗

巢安翡翠春云暖
窗护芭蕉夜雨凉

崇化重新，九天雨露栽桃李
书林复古，万里风云展鹗鹏

双桨来时，有人似桃根桃叶
画船归去，余情付湖水湖烟
——清·何绍基春联

养活一团春意思
撑起两根穷骨头
——清·曾国藩春联

受尽天下百官气
养就胸中一段春
——清·李鸿章春联

十年宦况梅花冷
一夜春风爆竹来

和为春风润作雨
心同悬镜手持衡

发上等愿，结中等缘，享下等福
择高处立，寻平处住，向宽处行
——清·左宗棠春联

普天开景运
大地转新机
——清·张之洞春联

细草色从人去绿
小桃花为燕来红

藏书粗足五千卷
开岁便称六十翁
——清·李慈铭春联

去国重来，旧雨话添新雨话
出门一笑，今年春胜昔年春

白发渐催人，逐队依然向东院
青春应笑我，奔波几日又南台

故宅岁更新，卅载京华怜我老
今年春胜昔，一堂和气抱孙来

萱幄日方长，百岁旨甘惭禄薄
云司秋不冷，一门桃李觉春多

——清·吴可读春联

国事已变更，冉冉春回，问东君犹名皇否
天心早眷顾，眈眈虎视，嗟西虏其奈我何

——郭沫若春联

民时夏正月
国运汉元年

万木长承新雨露
四邻都是老农家

——张謇春联

胸有春秋全史
目无魏吴群雄

——萨镇冰春联

中国捷克日本
南京重庆成都

——许心安抗日战争胜利春联

礼言改正朔
书曰作新民

——陈立夫春联

频年迁播异乡，最难忘三晋云山，六朝城郭
今日欢欣佳节，且来看淡江春水，横海楼船

——阎锡山春联

时去矣，灵感不灭
春来也，文运亨通

——**郁达夫春联**

万水千山疆永固
五风十雨庆丰登

——**张伯驹春联**

韶光寒转暖
淑景去还来

——**刘大白春联**

桃花春水遍天涯，寄语武陵人，于今可改秦衣服
铁马金戈回地轴，吟诗锦城客，此后休嗟蜀道难

故国同春色归来，直欲砚池溟渤笔昆仑，裁天样大旗，横书汉字
民权如海潮暴发，何难郡县欧非城美澳，把地球员幅，竟入版图

共和三尺剑
光复一戎衣

——**郭沫若春联**

酒热诗歌壮
梅红天地新

壮丽关山迎晓日
风流人物在中华

五风十雨皆为瑞
一岁双年总是春

除夕立春，同日双庆
随时进步，一刻千金

欢庆新春，百花齐放
大办农业，五谷丰登

——**老舍春联**

谋生梦好鸡常破
索债人多犬不闲

——钟云舫春联

笑我年光同蔗尾
看他春色上眉梢

椒酒绿时留客醉
杏花红处课儿耕

——刘凤梧春联

铁马秋风塞上
杏花春雨江南

——徐悲鸿春联

对岸人家，枕流抱石
此楼风物，古木苍岩

——林散之春联

盘簇五辛，家迎万福
觞称九酝，户纳千祥

——夏承焘春联

天地英雄气
风云浩荡春

——赵朴初春联

八表同庥瞻丽日
四民有庆乐丰年

——刘叶秋春联

绿野千门丽日
红旗万里春风

——吴组缃春联

有子荷戈庶无愧
为人推毂亦复佳

——叶圣陶春联

万里春风抒壮志
百年美梦入长征

——姚雪垠春联

做好公民，爱国坚持四原则
开新局面，兴邦全靠两文明

——王力春联

桃李春风一杯酒
江湖夜雨十年灯

胜景奇观，长征有路
千红万紫，大地皆春

——启功春联

兔毫落墨三江水
国事开春八阵图

——沈鹏春联

中华日丽风光好
大地春回气象新

——欧阳中石春联

南岳巍峨，洞庭浩瀚，三湘壮观，四水奔腾，诸多故国风光，每日萦怀，五更入梦
基隆降雨，阿里攀云，野柳观澜，乌来听瀑，如此蓬莱烟景，念年旅况，万种乡思

——彭泽浩台胞怀乡春联

神州赫赫，莽东临碣石，南领群沙，西拥瀚漠，北握玄龙。人杰地灵，前赴后继，丰功彪炳，辉扬廿六史几许，喜自三中会后，伟大转折真鹏翼兼程。菊兰齐放，两水清澄，群山碧绣
泰岳巍巍，旋春润苗畴，夏荣乔木，秋灿丹枫，冬坚瑞柏。物华天宝、阐往开来，文采风流，光耀五千年何多，欣逢甲子岁朝，崭新时期正英才共济；帆桅连归，一轮红日，万顷鸥波

——端木蕻良春联

附录 春联知识面面观

一、春联的起源与演变

《辞海》中对“春联”是这样解释的：“亦名‘门对’‘春帖’。农历新年（春节）用红纸写成贴在门上的联语。”

春联，源于古代的“桃符”。从周朝开始，桃符就通行于民间百姓人家了。据《山海经》记载：上古时，在沧海中度朔山上有一株盘根错节绵延三千余里的大桃树，其枝杈一直伸向东北方的“鬼门”，门前有两个神仙看守，一个叫神荼，一个叫郁垒。他们在大桃树下，用苇索捆绑害人之鬼，并将恶鬼喂虎，为人们消灾驱邪。以后每逢春节，人们便用大约长六寸宽三寸的两块长方形的桃木板，画上神荼、郁垒的画像，或写上两位门神的名字，挂在大门和居室门的两侧，用以辟邪驱鬼、祈福纳祥。

到了唐代，春节时在门户悬挂桃符的习俗更为盛行。而且桃符逐渐演变成了吉祥诗句。门神画像上的神荼、郁垒，也由秦琼和尉迟恭代替。

到了宋代，春联仍然称为桃符，如王安石《元日》诗：“爆竹声中一岁除，春风送暖入屠苏。千门万户曈曈日，总把新桃换旧符。”但这时桃符的内容已经演变为格律严谨的对句。据《宋史·蜀世家》载：“每岁除，命学士为词，题桃符，置寝门左右。末年，学士辛寅逊撰词，昶以其非工，自命笔题云：‘新年纳余庆，嘉节号长春。’”后蜀主孟昶所题的“桃符”，或许是最早的一副春联。

又据清人陈云瞻《簪云楼杂说》载：“春联之设，自明孝陵昉也。”明太祖朱元璋定都金陵后，于除夕传旨：“公卿士庶家，门上须加春联一副。”太祖微服出观，以为笑乐。偶见一家独无置联，询知为阉豕苗者，尚未请人书之。太祖为之书曰：“双手劈开生死路，一刀割断是非根。”太祖写罢，投笔而去。自此，春节张贴春联由皇宫、官宦门第，推广普及到了庶民百姓家。

到了清代，春节贴春联的习俗更加深入民心，成为家家户户过年用来辟

邪纳福的要紧事。袁枚《随园诗话》载："沿途听爆竹，逐驿读春联。"

春节贴春联，这一民间习俗一直沿袭继承到现在。每到新春佳节，千家万户都不约而同自觉地在门口张贴春联。在农村，甚至连驴圈、猪圈、鸡舍、狗窝都要贴春联，粮仓、粮囤上也要贴春联，到处是红彤彤的新春联，十分喜庆吉祥。

二、春联的基本特征

春联，是对联中的一大分类，是实用范围最广的一种对联。所以春联是对联中的一种最典型种类，其基本特征是：

①上下联字数相等；②上下联词性相同；③上下联语法结构相应；④上下联语音节奏相谐；⑤上下联对应字平仄相对立；⑥上下联前后字词平仄相交替；⑦上下联语义相关。

以上几点既是对联的基本要素，也是对联的基本特征。同时，春联区别于其他对联的显著特点是：春联必须突出一个"春"字，联语必须蕴含浓浓的春意。我在20世纪80年代就明确提出春联应该姓"春"的艺术观点。我说春联姓"春"，并非十分机械地强调每一副对联中，必须有"春"字，否则就不是春联。这里有一个外在"春色"和内在"春意"的说法。一副春联，只要让人感到有一股扑面而来的和煦春风，字里行间流露出盎然春意，无论是字面上点明"春"字，或者隐含了"春"意春韵，都是春联上品，如字面上有"春"字的春联：

风来花自笑
春至鸟能言

春回大地山川秀
民乐小康岁月甜

春，是春天的泛指，较为抽象、虚幻。在春联创作中，我的体会是：春的形象化语言莫过一个"绿"字。在人们眼里，绿，是青春的象征，是春天的亮色。北宋王安石"春风又绿江南岸"一个"绿"字，倾倒了历代多少文人墨客。在春联中妙用"绿"字，完全可以取代春字，而且增添了生命光彩。如春联：

华屋辉生壁
春山绿到门

塘前柳色分明绿
窗外花枝借助春

再濡塞北桃花雨
又绿江南杨柳风

以上春联，是借助“春”“绿”二字来点明春色。还有的春联将“春”隐在联语中，这叫暗藏春色，让读者从中品味，从中悟出春的气息与意境。如下面的春联：

花面始知迎客笑
柳眉先觉向人舒

又如：

梅柳渡江，乾坤增色
骅骝开道，岁月更新　　　　（湖南·刘克醇）

唐代诗人杜审言有“云霞出海曙，梅柳渡江春”诗句，刘克醇借来下句，故意将“春”字隐去，此处大有“无声胜有声”之妙，虽然隐去了“春”字，但让读者体悟到“春”趣。这即是作者的高妙之处。

笔者在2004年春节前，发表在《人民日报》“大地”副刊的新春联中有一联：

赤县送瘟神，白衣乐谱献身曲
酒泉飞捷报，玉兔笑迎揽月人

2004年发生在神州大地的两件大事，一件是全民抗击“非典”，另一件是“神舟五号”遨游太空。笔者把这两件事浓缩成上下联，字面上虽未着“春”字，但从中可以感受到祖国最温暖的春风、最振奋人心的春意。

三、新春联，新在何处

年年岁岁年相似，岁岁年年联不同。去年贴的春联：和顺一门生百福，平安二字值千金。日晒风吹之后，已然陈旧了。新的一年来到了，门上贴的春联是：门含春色秀千里，人比梅花清十分。这就叫辞旧迎新，春联随着时代更新。春联，是在中国这块古老的土地上，生长沿袭传承了上千年的传统文化。社会在进步，时代在发展。我们提倡的“新春联”，不是老掉牙的“一夜连双岁，五更分二年”，也不是在门上传贴很久的“忠厚传家久，诗书继世长”，更不是被人们用滥了的“天增岁月人增寿，春满乾坤福满门”。尽管春联这种文艺形式是传统的“旧玩艺”，我们不能仅仅是“旧瓶装新酒”，或者“旧瓶贴上新标签”而已，还是要以“古为今用，推陈出新”的精神和手法，用新时代、新理念、新潮流来审视“新春联”；必须以创新的理念给予春联全新的创变与革新，与时俱进，使春联成为先进文化的一部分，使之成为更加富有时代性、人民性、艺术性的“新春联”。

春联，是特定节日——春节的文化名片，是人们抒发情感的文化载体，是反映时代精神和生命脉搏的艺术品，这是我们对春联作出的最高的、全新的文化界定，反映了时代的需求和文化自信。

1992年合肥“猴年迎春征联”一等奖是湖南作者胡静怡的原创新春联：

十三年政策归心，农民放胆
九万里丰收醉眼，华夏扬眉

农村改革“十三年”，农民得到了实惠，走上了富裕路。这副春联是鲜明的生活写照。

同时期还有安徽陈自如的一副新春联：

旭日行云，喜盖通天大印
神州铺纸，欣签致富合同

这样的新春联不落俗套，用十分形象的语言表现农民的新思想和农村的新变化。

又如在2010年太原国际春联大赛中，有一副荣获一等奖的新春联：

温馨屋里，擀几块面皮，包入团圆，偕世界同欢乐
喜庆门前，点一排焰火，放飞梦想，祝祖国更富强

这副新春联，不仅新在构思创意上，而且新在把过年的生活细节都展现了出来。“擀几块面皮”，这是在包饺子；“点一排焰火”，这是在放礼花。随后的“包入团圆”“放飞梦想”，是对生活的提炼和对主题的升华。这样的新春联既有生活情趣，又富时代新意。所以，评委们都对此联投了点赞票，评为“一等奖”确属实至名归。

习近平总书记审时度势、高屋建瓴地提出了实现中华民族伟大复兴的“中国梦”，这应当是中国政治经济文化的时代主旋律。为此，笔者创作了一组上百副的“美丽中国梦”主题新春联，在《书法导报》上公开发表，现择其中几副与读者共赏：

九域龙腾中国梦
万家燕贺小康年

红日无私腾紫气
中华有梦壮神州

同时，以习近平同志为核心的党中央，顺应时代潮流、高瞻远瞩地向全世界提出了“一带一路”的伟大倡议，规划出宏伟蓝图并付诸实施。作为文艺形式的新春联，必须敏锐地叩紧时代主旋律，反映时代大主题。于是，我创作了“一带一路”内容的新春联：

一带春风馨一路
百年绮梦福百家

古风丝路开新境
巨擘虹桥弄大潮

新时代产生了新事物，应把新事物写进新春联。如“网络”“微信”“彩铃”，都是近年通信领域出现的新事物，笔者为此着意创作了新春联，将新时代的新气象加入到了这些春联中。如：

微信同聊中国梦
彩铃共贺小康年

文明筑梦九州福
微信传情一网春

为了让中国老百姓过上好日子，以习近平为核心的党中央带领全国各族人民，不忘初心，砥砺前行。为配合全党全民共建小康社会的伟大实践，实现到2020年全面建成小康社会的幸福愿景，笔者创作了百余副“共同奔小康”的主题新春联。下面选几副以飨读者：

吉祥三宝小康日
幸福一家大有年

大美春天刚破晓
小康福地正开犁

精准扶贫民致富
从严治党国扬威

四、提倡书写春联，呼唤春联文化回归

笔者从小爱好春联，尤其钟爱以笔墨书写春联。记得小时候，每到过年前几天，我总爱陪家父为乡邻写春联，父亲挥毫在喜庆的红纸上疾书，我在一边磨墨、抻纸、摆对子。多年的耳濡目染，使我对毛笔字和春联产生了兴趣，后来自己也能为乡亲们写春联了。每到大年初一，我总爱踏着街道上的冰雪，挨门逐户地欣赏春联，不仅读联语韵味、评品优劣，而且欣赏笔墨书法、取长补短。这种年节赏春联的爱好习惯，沿续到我长大进了城市。

可是，我的这种雅兴后来被中断了。原因是市场上出现了大量的印刷品春联，而且是金光灿灿的字，耀人眼目。千家万户贴的全是千篇一律的印刷品春联，联语是俗不可耐的“转运发财”，不仅没有诗意，连起码的年味文化都丧失殆尽，真让人无语。记得有一年春节后，我到省城一家医院探视病人，居然发现医院里的一个门口贴着“生意兴隆通四海，财源茂盛达三江”的大红春联。难道医院的办院宗旨就是招揽生意，赶快发财吗？“救死扶伤，革命的人道主义”丢到什么地方了？还有的市民把从市场上买来的印刷品春联搞混了，上联配错了下联，驴唇不对马嘴，令人发笑。

近年来，从中央到各省市文联、书法家协会，都号召书法家下厂矿、下社区、到军营，为民送“福”、写春联。这种活动对推动各地书写春联大有益处。只要坚持下去推广开来，春联的文化回归就指日可待。

五、如何书写春联

春联通常是用毛笔字书写，雅称“书法”。所以写春联的第一步是练好毛笔字。只要平时坚持临帖，即对着古人的名碑名帖临写，我们相信平民百姓中能拿起毛笔的大有人在。

春联的书写，一般以楷书、行楷、行书、隶书为主，不提倡采用篆书和草书。因为春联张贴在门上，要让人认得你写的是什么内容。

春联书写过程中，首先要会叠格。写几个字的春联，就要一折一折地叠好几个字格。写之前先留下天头地脚（一般天宽于地），不用太宽有一点即可。书写时，常用的墨汁都可以用。建议在倒出的墨汁里稍微倒一点白酒，写在红纸上的字迹就会黑中闪亮。另外，有人用金粉写春联。金粉可以这样调：取来上乘的金粉，先用汽油稀释调成糊状，然后倒入适量的醇酸清漆。金粉、汽油和清漆的比例一般是1:6:2。也可以用白酒来调金粉，但一定得配入一小瓶透明胶水。金粉的浓度可以灵活掌握，以书写顺畅、金色在红纸上闪亮发光为好。金粉春联比墨汁春联好操作，如果在室外写春联，有一阵寒风吹来，墨汁春联就麻烦了。

横批，是春联不可或缺的一部分。不同于书法界楹联展览，可以只写上下联，不配横批。老百姓过年贴春联，必须贴横批。横批通常是四个字，按古法只能是从右向左写，按新法可以从左往右写。现在都有出现，无可厚非。

六、春联贴法有讲究

春联的正确贴法是一个老生常谈的话题。然而，就是这样一个很简单的事情被弄得很不简单，甚至复杂化了。不论是行政部门、行业店铺，还是城乡居民家门前，总有相当数量的春联贴错，即上联贴在下联位，下联贴在上联位。

为了杜绝贴错春联的现象，我在这里向大家普及一下这方面的知识。下面分两方面谈起：

首先要弄明白书写的春联或者是买来的印刷品春联，哪条是上联，哪条是下联。春联中的字词是讲声律平仄关系的，其中有古声和新声的区别。古声有四声（平、上、去、入），除了“平”属平声外，其余的“上、去、入”三声都归仄声。新声就是现在普遍采用的“普通话”声韵，也有四声（阴平、阳平、上声、下声），与古四声关联很大。新四声中“阴平”“阳平”属平声，“上声”和“去声”属仄声。新声中没有“入声”字，古声中的入声字大都归入“阳平”（少部分归阴平）中了。一副春联中，末尾字为仄声的是“上联”，末尾字读平声的是“下联”。通常读仄声的汉字有：上下雨气

日月水叶色景海酒好象势面院马梦庆瑞字笔墨剑卷绿翠亮唱路远大泰我早美等。通常读平声的汉字有：山人民花光云天舟风新春秋金丰农衣心中田香红书歌川河功闲门梯台来牛龙蛇鸡林多行京诗烟尘图虹都等。下面的一些汉字可要注意了，这些入声字古读仄，今读平：国石阁竹活自出八福节学革泊达读责局识席等。

下面咱们再明确门口两侧，右边是上手（贴上联的位置），左边是下手（贴下联的位置）。中国古代以右为上，这是老祖宗传下来的，如古代书籍都是竖排版，文字从右往左排。又如张榜公示名单，都是从右往左排列。再如我们列队喊的口令“向右看齐”，从来没有人喊作“向左看齐”。所以，“右为上”就是中华民族约定俗成的“老规矩”。张贴春联的规矩是：面对着门口，右边贴上联，左边贴下联。如新春联：

绿水青山，掩映向阳小院

红楼碧舍，安居幸福人家

上联末尾“院”字读仄声，下联末尾“家”读平声。上联贴在门右边，下联贴在门左边。这是一副春联的正确贴法。

在上下联贴法的问题上，有人居然别出心裁地提出：“上下联的张贴位置，要看横批的书写顺序。如果横批是从右往左写（如‘意如祥吉’），那么上联贴右、下联贴左。如果横批是从左往右写（如‘人寿年丰’），那么上联贴左、下联贴右。”这种说法容易在春联贴法上造成混乱和误导，故在此重申一下春联上下联的张贴“规矩”。

中国汉字的行文，在20世纪以前只有竖排式。无论书籍阅读还是信件书写、牌匾悬挂、张榜公示等，都是从右往左书写和念读的。春联，是老祖宗留给我们的文化遗产和过年习俗，所以春联的固定贴法是：面对大门时，大门右侧贴上联，左侧贴下联。这是千百年来沿袭至今的春联张贴“规矩”。如果贴错了、贴反了，就会被路人当成笑柄。汉字横写横读，是近百十年的事。春联横批从左往右写和张贴，是受此影响的。但是，春联的上下联依然是竖写竖读的，所以仍必须按右上左下的陈式来张贴和吟读。切不可按横批来张贴。春联张贴“右为上，左为下”的约定俗成，是对古老优秀传统文化的传承。

希望大家摒弃浮华，潜心传统，敬畏传统、弘扬传统，做一个优秀的春联文化传承人。

后 记

斋中雅静诗留韵；

心境逸然志著书。

笔者从事诗词、对联、书法研究与创作几十年，深深体会到：案头上的文字工作既是枯燥的，又是十分有趣的。要耐得住寂寞，不求闻达，锲而不舍地笔耕，像打深井一样，总有一天会打出水来。到目前算来，笔者与胞弟梁栋已在全国十多家出版社出版对联著作三十六种，有几部书还都多次再版重印，成为“畅销书”。这本《中华春联大全》就是其中之一。

此次应中国农业出版社（农村读物出版社）之约，全新打造的新版《中华春联大全》，是在新时代新要求的节点上，做好春联传统文化传承工作的必然产物。笔者愿为此竭尽绵薄之力，把新版《中华春联大全》雕琢成一件“春联”艺术品，奉献给社会和广大读者。

《春联大全》几个字是笔者二十五年前专程赴京请当时在北京医院住院的董寿平大师题写的，这是老先生的绝笔墨宝，十分珍贵！此次出版当然仍用董寿平所题书名。相信墨宝会给新书增色许多。在编著此书过程中，恩师与好友沈鹏、言恭达、叶子彤、周志高、周俊杰、田树苌、陈美祥、梁和平、宗致远、汪庆誉、赵建廷、樊中、李保生等给予热情支持。我的妻子不遗余力地给予支持，胞弟梁栋做了不少辅助工作，在此，一并表示感谢！

艺无止境，联有诗情。希望新版《中华春联大全》在春联文化传承事业中，发光发热，发扬光大。

梁　石

2017 年 10 月 15 日于逸然斋